OBLESERPUBLIZISTIK
EDITIONMARKTSTRASSE

Der Schriftsteller Peter Frömmig lebt mit seiner Familie in
Marbach am Neckar.

Ich bedanke mich bei Peter Frömmig
für die Zusammenarbeit. *Lorenz Obleser*

Januar 2005
© Obleser Publizistik 2005
71672 Marbach am Neckar
Herstellung: Obleser Publizistik
verlag@obleser-publizistik.de

Peter Frömmig

Anderswo
Novelle aus diesen Tagen

OBLESERPUBLIZISTIK
EDITIONMARKTSTRASSE

»We come with the dust and we go with the wind.«
Woody Guthrie

»Wenn der Mensch mit den Menschen Frieden hat, wie viel leichter als eine Feder ist alsdann das schwerste von allen Metallen in seiner Hand!«
Laurence Sterne, Yoricks empfindsame Reise

In Hamburg hätte er es sich noch anders überlegen
können. Marlene, von der er noch nicht lange ge-
trennt war, hatte ihn ermuntert, sie zu besuchen. Sie
wohnte nahe der Kunstakademie, wo sie ihr Studium
begonnen hatte. Georg Halberstadt hatte sich nach
ihrer erfolgreichen Aufnahmeprüfung und dem
bevorstehenden Umzug ein Pendeln zwischen dem
südlichen und dem nördlichen Ende von Deutschland nicht vorstellen können. Er hatte sie vor die
Wahl gestellt, entweder auf das Studium in Hamburg
zu verzichten oder eine Trennung hinzunehmen. Halberstadt hatte eine heftige Reaktion von Marlene
erwartet, oder erhofft. Doch sie war so ruhig und
gefasst geblieben, dass es ihm erst recht zu schaffen
machte. Auch ihr Vorschlag, eine Trennung auf Zeit
zu versuchen, änderte nichts. Er konnte die Furcht,
sie zu verlieren, die ihn von Anfang an heimlich
gequält hatte, nicht mehr ertragen. Diesmal wollte
er alles versuchen, einem Trennungsschmerz, wie er
ihn früher einmal erfahren hatte, vorzubeugen. Marlene, offenherzig und von ansprechendem Äußeren,
würde nicht lange alleine bleiben, davon war er über-
zeugt.

Jetzt ging es mit der Bahn geradewegs Richtung
Dänemark, wo er noch nie zuvor gewesen war. Der

Himmel zeigte sich bedeckt und die Landschaft ge-
dämpft. Vielleicht hätte auch Schönwetter keine
Hochstimmung aufkommen lassen. Jedenfalls waren
die Toiletten gepflegter und großzügiger bemessen
als in deutschen Zügen, die ihm nach Benutzung
meist das Gefühl gaben, er habe sich nun erst recht
die Hände schmutzig gemacht, obwohl er sie gewa-
schen hatte. Seit Husum saß er alleine im Abteil.
Dort war auf dem Bahnsteig nur ein verwahrloster
Jugendlicher zu sehen gewesen, wie ein wildes Tier
mit stierem Blick umherirrend. Dieses Bild verfolgte
ihn noch eine Weile. Bis sich allmählich vor dem
gleichbleibenden, vorüberziehenden Flachland wieder so etwas wie innere Ruhe oder auch nur Gleichgültigkeit einstellte, ein Zustand jedenfalls, der ihm
willkommen war. Halberstadt konnte dabei die Gedanken kommen und gehen lassen wie die Erschei-
nungen vor dem Abteilfenster. Er sah weite Felder,
Weiden mit ihren Nutztieren und Zäunen, Gehöfte
und Dörfer vorüberziehen, verfolgte die alles ver-
netzenden Wege. Und es schien ihm, als rolle der Zug
der Dänischen Eisenbahn auf der Halbinsel zwischen
Nord- und Ostsee ruhiger durch das flache Land.
Hier wie anderswo nannte sich das für viele noch
Heimat. Sich zu Hause fühlen: Halberstadt kannte

das nur noch als Anwandlung oder als inhaltslose Gewohnheit wie in Freiburg, wo er kaum jemanden kannte, der noch von dort stammte. Vielleicht wenn er durch Speyer ging, wo er geboren und aufgewachsen war, oder beim Gespräch mit der Mutter am wachstuchbedeckten Küchentisch kam noch etwas Heimatgefühl auf, auch nur Erinnerungen an weit Zurückliegendes. Wenn er abreiste war es wieder vorbei, und das war ihm dann auch ganz recht so. Und hier, unter einem für ihn zu großen Himmel, der nicht einmal die Begrenzung durch eine entfernte Hügelkette ahnen ließ, würde er sich gewiss verloren fühlen. Soviel wusste er.

Halberstadt war als Kunsterzieher seit über zehn Jahren im Schuldienst. Nachdem ihm der Einstieg gut gelungen war, hatten sich Frische und Elan nach und nach verbraucht, bis nurmehr die Gleichförmigkeit der Schulalltags geblieben war. Die Trennung von Marlene war ihm jetzt ein Grund, einer Einladung nach Dänemark zu folgen. Er hatte sich eine Auszeit genommen. Das sogenannte Sabbatjahr wollte er dazu nützen, sein Leben zu überdenken. Er wollte herauszufinden, was noch von der Begeisterung früher Tage geblieben war, herausfinden wo er stand, wo er vielleicht neu ansetzen könnte oder wo vielleicht Umkehr angesagt war. Noch war er nicht ausgebrannt wie jener Kollege namens Weinheber, den er damals abgelöst hatte und der bald nach seinem Ausscheiden gestorben war. Damals war er, Halberstadt, noch voller Lebenslust und Tatendrang gewesen, so dass er sich nicht damit hatte befassen wollen, warum es mit dem älteren, grau und krumm gewordenen Kollegen dieses traurige Ende genommen hatte. Halberstadt war fest entschlossen, es mit sich nicht so weit kommen zu lassen.

Einmal sah er während der Fahrt über einen weit hingestreckten, schier unabsehbaren Acker. Der war frisch gepflügt und zeigte dunkle fette Erde, deren Geruch er sich vorstellte. Und mit der Vorstellung des Ackergeruchs stellten sich Bilder seiner Kindheit ein, dachte er an frisch geerntete Zuckerrüben im Herbst, die hinter erdiger Kruste bleich oder rosig ausahen, was ihn immer an menschliche Haut erinnert hatte, weshalb er die Verletzungen der Rüben als Schmerz auf seiner eigenen Haut empfand. Das war zur Erntezeit gewesen, bevor er zur Schule ging, wenn er sich bei den Großeltern auf dem Land aufhielt und erste selbständige Erkundungsgänge, wahre Forschungsreisen, unternahm. Das Bild eines gerissenen Hasen auf dem Feldweg hatte er nie vergessen. Dem hingen die Gedärme heraus, und das Loch in seinem Bauch war vor Schmeißfliegen schwarz gewesen. Als er den Kadaver mit einem Stock umgedreht hatte, waren die Schmeißfliegen schillernd hervorgequollen und zornig surrend im Zickzack ausgeschwärmt. Es war das erste tote Tier gewesen, das er gesehen hatte. Aber mehr bewegt und beschäftigt hatte ihn das von einem Auto angefahrene Pferd auf der frisch geteerten Straße, das auf der Seite lag und ihn, der zufällig vorüberkam, mit flehendem, fast menschlichem Blick angeschaut hatte. Der Bauer war im hohen Bogen von seinem Kutschbock gesprungen und hatte einen Schrei des Entsetzens ausgestoßen, während der Fahrer des blendendweißen Mercedes fassungslos hinter dem Steuer sitzengeblieben war.

Die Wolkendecke blieb dicht, nur spärliches Licht drang hindurch. Als der Zug in Flensburg einfuhr, gefiel Halberstadt das Rot des Backsteins großer Gebäude. Auch Wasser war zu sehen, der Hafen mit seinen anliegenden Schiffen. Während der kurzen Wartezeit in der Grenzstadt, stieg er aus und ging über den Bahnsteig, seine Glieder zu lockern. Auch hier sah er, dicht bei dicht, und schon in Schichten übereinander gelagert, Graffitis an Wänden, beliebig geworden und wie überall zur Umgebung der Bahnhöfe gehörend. Über dem verblassenden, einstigen Esprit waren Mutwilligkeiten gesprüht worden: Chiffren Namenloser, Zeichen heimlicher Hybris, egomanische Auswüchse. Aus schöpferischem Ausdrucksdrang war eine Mode geworden, die anfangs graue Wände belebt und vergessen gemacht hatte, dann aber zum Abklatsch vom Abklatsch verkommen war, zu dumpfem Geschmiere und bloßer visueller Belästigung, der Phantasie nichts mehr offen lassend, so dass man sich längst wieder nach den vormals grauen Flächen sehnte, auf denen eine Wasserspur, ein einziges Wort, ein Riss, ein grünes Pflänzchen, das aus der grauen Masse wuchs, viel mehr zur Anregung des Augen und des Geistes boten.

Auf seinen U-Bahn-Fahrten, seinen Erkundungen in den Slums, die er während mehrerer New-York-Besuche unternahm, hatte Halberstadt früher Originalgraffitis gesehen und war von dem Potential, der Ausdruckskraft und dem Phantasiereichtum dieser wirklich neuen Kunstform überwältigt gewesen. Auf manchen Brandmauern waren ganze Geschichten eines Viertels abgebildet gewesen, sozialkritisch oder zur Lebensfreude ermutigend. Vieles hatte er fotografisch festgehalten, um es dann seinen Schülern zu zeigen. Die anschließenden Gespräche hatten noch mehr offen gelegt, als er selbst zuvor bei ausführlicher Betrachtung bemerkt hatte. Die Graffitis begeisterten die Jugendlichen, weil sie Ausdruck einer jungen Kunst waren. Halberstadt hatte die Schulleitung dafür gewinnen können, ihm eine Wandfläche auf dem Pausenhof für die Graffitibegeisterten, die am Kunstleistungskurs teilnahmen, zu überlassen. Den Wildwuchs, der später daraus entstanden war und sich erst in der Nähe des Schulhauses, dann in seiner weiteren Umgebung verbreitet hatte, was auch zu Strafanzeigen für mehrere seiner Schüler führte, hatte er nicht voraussehen und verhindern können. Bis zur Erschöpfung hatte er seine ursprünglichen Absichten verteidigt. Er wäre am Ende wieder einmal alleine dagestanden, wenn sich nicht zwei seiner Schüler hinter ihn gestellt hätten.

Während der Wartezeit im Bahnhof von Flensburg stellte Halberstadt fest, dass er noch nie so weit im europäischen Norden gewesen war, und es sollte ja noch weiter gehen. Berlin war die bisher nördlichste Stadt gewesen, die er als Süddeutscher besucht hatte. Dabei war er in jungen Jahren viel in der Welt herumgekommen, Reisen hatten ihn in die Länder jenseits der Alpen, bis nach Ägypten und Marokko, in die Vereinigten Staaten und sogar nach Indien geführt. Mit der Überschreitung der Grenze nach Dänemark, gleich nach der Weiterfahrt, war man in Skandinavien, was immer das bedeuten mochte. Doch bevor er sich darauf einstimmen konnte, waren Formalitäten zu erledigen, mussten die Fragen des Zollbeamten bei der Passkontrolle beantwortet werden. Noch stand die direkte Berührung mit dänischem Boden aus, rollte der Zug nur weiter über Schienen, noch war von der fremden Sprache nichts zu vernehmen. Auch hatte der Fahrtwind, der durch einen Spalt hereinkam, noch nichts von Luftveränderung. Vielleicht war es nur ein etwas anderer Klang, erzeugt vom Schlagen der Räder auf den Schienen, die vielleicht von einem anderen Schwellenholz getragen wurden. Halberstadt versuchte bei sich eine veränderte Stimmungslage zu bemerken, ein Feeling, aber da war nichts. Er wollte sich nicht vorstellen, was vor ihm lag, sondern alles auf sich zukommen, sich überraschen lassen. Das hatte er sich vorgenommen. Er hatte bewusst auf einen Reiseführer verzichtet. Der Name Arhus klang ihm verheißungsvoll genug, um auf die Stadt gespannt zu sein.

Halberstadt dachte an Ole Jensen, der ihn am Bahnhof erwarten würde. Es war schon über zwei Jahre her, als sie sich in Freiburg kennengelernt hatten. Kurz bevor er mit Marlene zusammengekommen war. Ole hatte damals im Schwarzwald mit seiner Familie die Ferien verbracht und in einem kleinen Hotel ein Quartier genommen. Halberstadt hatte sich in der populären Hotelgaststätte zufällig an ihren Tisch gesetzt. Die Offenheit und Ausstrahlung von Ole und dessen Frau, die Astrid hieß, hatte ihn sofort eingenommen, ohne Umschweife waren sie ins Gespräch gekommen. Ole war Maler, konnte aber nicht von der Malerei leben, weshalb er in seinen früheren Lehrerberuf zurückgekehrt war und in Arhus an einer Schule für Sprachbehinderte unterrichtete. Ein Mann in mittleren Jahren, etwas älter als er, der blendend aussah mit seinem gepflegten Vollbart. Astrid war eine hübsche, zierliche Erscheinung mit blonden Haaren. Bis Sohn Lars auf die Welt gekommen war, hatte sie Grafik studiert und arbeitete seitdem in einem Laden für Künstlerbedarf. Dem Maler Ole Jensen war sie vor fast genau zehn Jahren bei einer Vernissage begegnet, wobei sie aber zunächst, wie sie schmunzelnd erklärt hatte, mehr von seinen Bildern als von seiner Person beeindruckt gewesen war.

Halberstadt hatte bei ihrer Begegnung beeindruckt, wie liebevoll und neckisch das Paar miteinander umgegangen war. Nach seiner Erkenntnis war dies unter verheirateten Paaren eher selten der Fall. Schon einen Tag später, als sie ihn zu dritt am Stadtrand besucht und von seinem Balkon aus den Schwarzwald und einen Blick in die Rheinebene genossen hatten, war es zu der Einladung nach Arhus gekommen. Mit Ole hatte er sich regelmäßig in Briefen über künstlerische Fragen ausgetauscht, die Einladung war oft erneuert worden. Dennoch hatte Halberstadt lange überlegt, ob er ein derartiges Angebot nach so kurzer Bekanntschaft annehmen sollte oder nicht. Doch jetzt, nach der Trennung von Marlene und der Freistellung vom Schuldienst, erschien ihm eine Reise nach Dänemark sehr verlockend. Er hoffte, Abstand zu gewinnen. Und vielleicht würde ihn die neue Umgebung auch wieder zum Malen anregen.

Kaum hatte Georg Halberstadt den Fuß auf den Bahnsteig gesetzt, kam Ole Jensen schon auf ihn zu, mit federnden Schritten und strahlendem Lächeln gesunde Zähne zeigend, ein wahrer Sportsmann. Und wie er vor ihm stand, war er ein leibhaftiger

Hüne, viel größer zumal, als er ihn in Erinnerung hatte. Halberstadt, der zu dem Dänen aufschauen musste, bemerkte das Grau in dem frisch gestutzten Bart. Da packte Ole Halberstadts Hand und drückte sie so kräftig, dass es eine Herausforderung war. Ole zeigte noch den gleichen augenzwinkernden Schalk, den Halberstadt als charakteristisch in Erinnerung behalten hatte. Als Ole sich nach dem Verlauf der Reise erkundigte, hatte er schon Halberstadts Koffer ergriffen und sich in Bewegung gesetzt. Mit einem Kopfnicken gab er die Richtung an. Als sie den Bahnhofsvorplatz erreichten, regnete es. Ole sagte, es solle ihn nicht kümmern, für die nächsten Tage sei Schönwetter angesagt, es habe nun auch lange genug geregnet in diesem Sommer. Aber davon abgesehen liebe er es, durch den Regen seine tägliche Strecke zu laufen, an dem weiten Strand entlang, der fast vor seiner Haustür liege. Er werde ja sehen.

Ole fuhr einen weißen Variant, ein älteres Modell, aber auffallend gepflegt. Hinter einem Gitter saß ein Neufundländer, der mit tropfender Schnauze hechelte. Er hieß Max, und die Anwesenheit des Fremden im Auto ließ ihn ungerührt. Er sei an Fremde gewöhnt und die Gutmütigkeit in Person, sagte Ole. Zum Wachhund, was er ursprünglich neben dem Spielgefährten für den Sohn hatte sein sollen, tauge er überhaupt nicht. Kaum hatte sich der Wagen in Bewegung gesetzt, kam er bereits wieder vor einer Ampel, die gerade auf Rot schaltete, zum Stehen. Ein Mädchen auf dem Rennrad fuhr neben sie und hielt auf gleicher Höhe an. Sie blieb vornübergebeugt auf dem Sattel sitzen und stützte sich mit einem Fuß auf der Straße ab, während sie den andern auf dem Pedal behielt. Das regennasse T-Shirt klebte ihr auf der Haut. Ihr Hintern war in enge Shorts gepresst: ein aufreizender Anblick für die beiden Männer. Die junge Frau musste die Blicke der beiden Männer bemerkt haben, denn sie neigte etwas den Kopf, wobei ihr lange Strähnen übers feuchte Gesicht fielen.

So eine müsste man haben, sagte Ole mit leiser Stimme vor sich hin. Halberstadt war sich erst nicht sicher, ob er richtig gehört hatte, bis Ole den Satz wiederholte: So eine müsste man haben. Und auch dann hoffte Halberstadt noch, sich verhört zu haben. Zu fremd erschien ihm diese Stimme, zu sehr störte diese Aussage das Bild, das er sich von den Jensens gemacht hatte. Als er Ole von der Seite anschaute, konnte er aber in dessen Zügen nichts bemerken, was einer solchen Äußerung Nachdruck gegeben hätte. Bald sprang die Ampel auf Grün, und schon war ihnen das Mädchen auf dem Rennrad weit voraus. Ole beeilte sich nicht, zu starten, und keines der Autos hinter ihnen hupte ungeduldig. Schweigend ging es weiter. Halberstadt genoss das Sightseeing auf die fremde, neue Stadt, die ihm das Verheißungsvolle, wie er es sich vorgestellt hatte, bestätigte, obwohl es immer noch in Strömen regnete. Der Regen gab allem einen feinen Glanz. Die schönen, ausgewogenen Straßenzüge mit stattlichen, alten Gebäuden, die Alleen und Boulevards hatten für ihn etwas Weltstädtisches, auch wenn es vielleicht nur die Euphorie der Ankunft war. Jedenfalls hatte er in einer größeren deutschen Stadt nie soviele alte Bauwerke gesehen, die gut erhalten waren, ohne Kosmetik auskamen und keine störenden Neubauten neben sich erdulden mussten.

Die Passanten und der Verkehr bewegten sich flüssig, doch gelassener als dort, wo er herkam. So jedenfalls schien es ihm. Ole blieb Halberstadts Hochstimmung nicht verborgen. Es scheine ihm ja hier zu gefallen, sagte er, das freue ihn. Arhus sei seine Stadt, er würde mit keiner anderen tauschen wollen, nicht einmal mit Kopenhagen, ihrer dänischen Konkurren-

tin. Zuerst nur um zu studieren sei er hierher gekommen, aber bald habe er gewusst, dass er hier für
immer bleiben wollte. Allerdings sei er jetzt froh,
etwas außerhalb mit seiner Familie zu wohnen. Aufgewachsen sei er in Frederikshavn, an der Nordspitze Jütlands. Ein trister Ort, heute nur noch zum
Shopping taugend, an dem die Möwen am Hafen
tagaus, tagein nur klagen und klagen, wie er sagte.
Endlos klagen über das, was die Männer im Alkohol
zu ertränken versuchen und woran die Frauen zu er-
sticken drohen. Familienabgründe, fügte er hinzu,
Abgründe die sich auftäten, wenn Menschen zu lange im Nebel eingeschlossen und zu viel mit ihren
eigenen Problemen befasst seien, und das wäre eben
dort oben der Fall. Um seine Jugend zu leben, habe
er erst nach Arhus kommen müssen. Hier seien die
Leute mehr auf der ›Sunny side of the street‹, sagte
er, womit er auf eine alte Jazzballade anspielte. Hier
habe er neben seinem Studium der Pädagogik zur
Kunst und zum Jazz gefunden. Eine Metropole der
Jazzmusik sei das hier. Er werde ihn einmal durch die
Keller führen, in denen allabendlich gejazzt würde,
das dürfe er, Halberstadt, nicht auslassen. Und Ole
erzählte weiter, wie er vom Akkordeonspiel, das ihm
sein Vater, ein Seemann, beigebracht habe, erst zum

Saxophon, dann zur Klarinette umgestiegen sei. Dieses ewige traurige Schifferklavier, sagte er mit einem gewollt gequälten Ausdruck.

Während Ole erzählte, kamen sie am Hafen vorüber, an Fabrik- und Lagerhallen, und schon verließen sie die Stadt Richtung Norden. Bis nur noch ein recht schmaler Küstenstreifen zwischen einem dichten Wald und dem Kattegat, zu deutsch Katzenloch, blieb. Eine Bahnlinie und die Ausfallstraße, die nach Risskov führte, konnten gerade noch angemessenen Abstand zueinander halten. Gelbes Dünengras bewegte sich elastisch im Regenwind über der sandigen Erde, schmal zeigte sich der Strand. Halberstadt war nicht abergläubisch, doch als sie den Vorort gleichzeitig mit der hervorbrechenden Sonne erreichten, in hellem Licht, das die schmucken Häuschen mit ihrem oft weißblauen Anstrich festlich aufleuchten ließ, war er geneigt, an ein gutes Omen für seine Ankunft zu glauben. Ole hielt vor einem weißen Lattenzaun, hinter dem ein frisch gemähter Rasen stechend grün war. Er zeigte stolz auf das Haus, auf dem eine dänische Flagge wehte und erklärte, das alles habe er mit Hilfe zweier Freunde, einem Elektriker und einem Zimmermann, in anderthalb Jahren aufgebaut. Halberstadt gab seiner Bewunderung

Ausdruck, schaute sich das vorwiegend aus Holz gebaute Haus mit seinen zwei Stockwerken an, sah Balkon, Erker, Wintergarten und den aus rotem Backstein gemauerten Kamin, freute sich an dem weißen Anstrich, der Fassade, die strukturiert wurde durch blau bemalte Balken, Fensterläden und -rahmen. Die Nachbarhäuser, auf den ersten Blick sehr ähnlich, waren bei näherer Betrachtung meist von schlichterer Machart als Oles Haus. Halberstadt dachte an Häuser, die Edward Hopper in New England gemalt hatte, doch waren sie immer alleine gestanden in einer Landschaft, die allerdings der hiesigen nicht unähnlich war.

Nachdem Max im Hinterhof, wo seine große Hundehütte stand, versorgt worden war, traten Gast und Gastgeber ins Haus. Ole erklärte, Frau und Kind würden erst später zurück sein. Astrid müsse arbeiten und der Junge sei heute Nachmittag in der Schule. Das unterste Stockwerk wurde eingenommen von einem geräumigen Esszimmer und einer Küche, türlos und mit Durchreiche. Eine Treppe führte mit leichtem Schwung nach oben. Geprägt wurde das Esszimmer durch einen großen, massiven Tisch, um den ebenso solide getischlerte Stühle standen. Alles aus hellem Holz, was den lichten Räumen zusätzliche Leichtigkeit verlieh. Ein Kontrast zur Klarheit und Sachlichkeit des Interieurs waren die drei großformatigen Bilder, die nebeneinander im Esszimmer hingen. In kräftigen, expressiven Farben zeigten sie das tolle Treiben grotesker Gestalten, die von wuchtigen schwarzen Konturen und vom Rahmen kaum gebändigt wurden. Ähnliche Motive kannte Halberstadt von einem Ausstellungsprospekt, den Ole ihm einmal geschickt hatte. Manche der Grimassen auf den Bildern schienen schrille Schreie auszustoßen, ein großkopfiges Kerlchen mit einem riesigen Geschlechtsteil bleckte sein spitzzahniges Gebiss. Halberstadt staunte über die anarchische Kraft von Oles Malerei, während Ole in der Küche die Bierflaschen in den Kühlschrank stellte.

Halberstadt nahm seinen Koffer und folgte Ole über eine steile Treppe in den Keller. Die Souterrainwohnung war ein überraschend großer, einzelner Raum, gestützt durch zwei Pfeiler, schlicht eingerichtet für Gäste. Im Hintergrund befand sich ein schwerer roter Samtvorhang, der von einer Deckenleuchte angestrahlt wurde und Halberstadts Aufmerksamkeit anzog. Ja, sagte Ole, das sei ein Prachtstück, er habe ihn nach der Auflösung eines kleinen, alten Theaters bei einer Versteigerung erworben, der Vorhang habe genau den Maßen des Kellerraums entsprochen. Halberstadt betrachtete Tisch, Stuhl, Sessel und Pritsche, die einem früheren Wohngefühl entsprachen, was ihm anheimelnd erschien, da die Möbelstücke ihn an sein Elternhaus erinnerten. Ole zeigte auf eine Ecke, wo sich Trennwände befanden mit einer Tür, hinter der es ein Waschbecken, eine Duschzelle und ein Klo gab. Alles da, sagte Ole. In einer andern Ecke, unterhalb eines der Kellerfenster stand ein Heimtrainer. Ole sagte, die Winter seien hier manchmal so lang und rauh, dass es selbst ihn vom Laufen abhielte und er sich mit Hilfe des Heimtrainers in Form halte. Ole gab Halberstadt den Schlüssel zur Tür, die zum Hinterhof führte und sagte, hier könne er tun und lassen, was er wolle. Halberstadt war zufrieden.

Im Esszimmer tischte Ole Käse, Obst und Wurst auf. Aus großen Flaschen mit Schnappverschluss tranken sie leichtes Bier. Ole kam zu sprechen auf seine Arbeit mit sprachbehinderten Kindern, von denen auch manche aus der unmittelbaren Nachbarschaft kamen. Ein Junge, den er von kleinauf kannte, beschäftige ihn besonders. Nach der dramatischen

Trennung der Eltern habe er sich gänzlich in sich zurückgezogen und habe sich geistig nicht mehr weiterentwickelt. Er meinte, er stehe jetzt kurz davor, das Vertrauen des verschlossenen Jungen zu gewinnen. Während Ole erzählte, fiel Halberstadts Blick erneut auf dessen Bilder, die sich als Dreiergruppe an der gegenüberliegenden Wand befanden und im Kontrast zur Ordnung und Sauberkeit des Hauses standen, ja, diese zu verhöhnen schienen. Ole bemerkte das Interesse und sagte, das sei seine Gegenwelt. Er versuche damit anzuknüpfen an das, was nach seiner Erkenntnis in den autistischen Kindern wirke, aber geknebelt sei. Im Unterricht zweifle er aber manchmal an seiner Aufgabe, die Blockade eines Kindes mittels Malen aufzulösen und es so auch schrittweise zur Sprache zurückzuführen. Es sei ja oft schon ein mit dem Malen einhergehendes Lallen als Erfolg zu werten. Aber man könne sich als Lehrer dadurch auch täuschen lassen, voreilige Schlüsse ziehen und aus Übermut einen falschen Schritt tun. So habe er einmal durch die unartikulierten Äußerungen eines Mädchens gemeint, sie wolle etwas zu ihrem Bild, in dem erstmals eine Sonne über einem Haus vorkam, sagen. Doch als er versucht habe, ihr zu Worten zu verhelfen, sei sie in sich zusammen gesunken und lange Zeit nicht mehr zu bewegen gewesen, zu Farbstiften und Pinseln zu greifen. Dieser Rückschlag habe ihm sehr zu schaffen gemacht. Ole wirkte erregt, was er nur mühsam verbergen konnte. Etwas, das Halberstadt bei diesem souveränen und gelassenen Mann zuvor noch nicht bemerkt hatte. Ole brach unvermittelt ab und begann, den Tisch abzuräumen, wobei ihm Halberstadt wortlos half. Als der Tisch wieder leer und eine makellose Fläche war, beruhigte sich Ole auch wieder. Dennoch wischte er noch mehrmals mit einem feuchten Lappen über die Tischplatte, obwohl kein Krümel und kein Stäubchen mehr zu sehen waren. Nur noch ein seidiger Glanz.

Ole musste den Hund ausführen und Halberstadt begleitete ihn. Ole sagte, er wolle ihm die Schule zeigen, an der er unterrichte, sie sei ganz in der Nähe, etwas höher gelegen, am Rande des Waldes. Auf dem Weg versuchte er, ihn mit ›seinem Viertel‹, wie er sagte, vertraut zu machen. Da wohnte dieser, den er kannte, da jener. Einer hatte sich für eine genügsame traditionelle Bauweise entschieden, mit Sägewerk nach Wikingerart; ein anderer war von kalifornischem Schnickschnack angesteckt worden und hatte sein Haus um eine hohe Kiefer herum gebaut, deren Krone sozusagen ein zweites Dach ergab. Wie und was auch immer, der Nachmittag zeigte alles in bestem Licht. Die Schule in ihrem roten Backstein war dann nur noch eine Zurkenntnissnahme des Gastes. Der Mischwald, der hinter der Schule begann, war dicht gewachsen. Ole zeigte ihm den Beginn eines Pfades, der bis nach Arhus hinein führte, und er empfahl ihm, diesen Weg einmal zu nehmen. Inzwischen hatte der Hund schon den Heimweg eingeschlagen und die beiden trotteten ihm hinterher. Von weitem sah man einen kanariengelben Wagen vor dem Haus parken. Schon beim Aussteigen hatten Astrid und Lars die beiden Männer entdeckt und kamen ihnen entgegengelaufen. Astrid zeigte sich erfreut von Halberstadts Besuch, obwohl sie müde und abgespannt wirkte. Vielleicht war es Halberstadts Blick, der sie veranlasste zu erklären, es sei heute ein schwerer Tag im Geschäft gewesen, eine große Lieferung. Und da gerade zwei Kolleginnen wegen Krankheit fehlten, sei alles an ihr hängengeblieben. Der strohblonde Lars hielt sich scheu zurück, während die Erwachsenen miteinander sprachen, hörte aber mit großen Augen aufmerksam zu. Seine Eltern sprachen gut deutsch, und wenn ihnen einmal die Worte fehlten, gingen sie ins Englische über. So hatten sie sich schon bei ihrer ersten Begegnung mit Halberstadt verständigt. Beide Fremdsprachen lernte auch der Junge in der Schule, so dass er allem, was die Erwachsenen redeten, gut folgen konnte.

Abends saßen sie alle an dem großen Esszimmertisch, der üppig mit Speisen und Getränken gedeckt war. Die Stimmung schien so aufgeräumt wie damals, als sie sich in Freiburg begegnet waren, ein nahtloses Anknüpfen. Und wie zur Unterstreichung dessen, stießen sie an mit Badischem Wein, den Halberstadt mitgebracht hatte. Das Gespräch verlief angeregt und flüssig, ein munteres Hin und her. Der Junge beteiligte sich, indem er die Worte der Erwachsenen, wenn sie ihm zu ernst oder zu komisch klangen, imitierte und verdrehte, was niemanden störte. In einer Pause, die nach Sättigung des Bauches und der Erschöpfung des Gesprächsstoffs entstand, betrachtete Halberstadt die Gastgeberin aufmerksamer. Ole verließ den Tisch, um noch eine Flasche Wein zu holen. Was Halberstadt vorher nur vage so vorgekommen war, sah er jetzt deutlicher: Astrid hatte sich verändert. Alles an ihr wirkte matter, als er es in Erinnerung hatte. Über ihrer hellen Haut lag etwas wie ein Grauschleier, die Stirn zeigte Sorgenfalten und in den Mundwinkeln versteckt saß Kummer. Astrid, die gerade mit dem Jungen sprach, drehte plötzlich den Kopf und lächelte Halberstadt zu, als wollte sie ihn Lügen strafen. Doch ihr Lächeln erschien ihm gequält und bestätigte ihn nur. Ole erschien, füllte die Gläser wieder mit Wein, und nachdem sie erneut angestoßen hatten, kam das Tischgespräch wieder in Gang. Aber sie kamen auf nichts, was sie in ihrem Interesse vereint hätte.

Halberstadt bemerkte, wie Astrid und Ole es vermieden, sich in die Augen zu schauen und sich direkt anzusprechen. Es passte nicht zu dem Bild des einträchtigen Paares, das sich Halberstadt nach ihrer Begegnung in Freiburg gemacht hatte und das ausschlaggebend für die Entscheidung gewesen war, sie gerade jetzt zu besuchen. Halberstadt musste an Marlene denken, die sich über derartig gespannte Situationen immer mit Geschick hinwegsetzen konnte, was er ihr als Leichtfertigkeit vorgeworfen, insgeheim aber beneidet hatte. Man tue den Leuten keinen Gefallen, wenn man sich auf ihre Probleme einließe, war ihre Überzeugung.

Ole begann, mit übertriebener Eile den Tisch abzuräumen. Anschließend wischte er die Tischplatte,
wie schon am Nachmittag, mit pedantischer Sorgfalt
ab. Astrid übersah es als etwas allzu Bekanntes und
kam währenddessen mit Halberstadt ins Gespräch.
Es war ihr offenbar ein Anliegen, sich über ihren Ge-
schäftsalltag mitzuteilen, der ihr zwar nichts ausma-
che, wie sie sagte, sie jedoch manchmal reichlich an-
strenge. Sie sei nach dem Ausscheiden einer älteren
Kollegin nun die einzige, die im Laden zu einer fach-
lichen Beratung in der Lage sei, wenn die Hobby-
maler und Kunststudenten Fragen hätten zu Pinseln
und Farben, Papieren und Leinwänden. Jüngere Kolleginnen hätten kaum noch Interesse für die Pro-
dukte, die sie verkauften. Sie seien mehr daran interessiert über Liebschaften zu tratschen, das öde sie
manchmal an. Dabei habe sie die Liebe zu den Dingen, die sie verkaufe, bewahrt. Ole, der in der Küche
Geschirr spülte, äußerte sich beipflichtend, indem er
seinen Kopf in der Durchreiche zeigte und nickte,
was ein komischer Anblick war. Whatever, sagte
Astrid, um das Thema zu beenden.

Lars, der sich unbemerkt entfernt hatte, tauchte auf
mit einem Briefmarkenalbum, das ihm Halberstadt

in Freiburg geschenkt hatte, als sie ihn vor ihrer Abreise am Stadtrand besucht hatten. Stolz zeigte er es
Halberstadt, der scherzhaft meinte, als er es durch-
blätterte, eine Blaue Mauritius fehle aber noch. Aber
dafür, sagte Lars, habe er andere tolle Briefmarken
dazu bekommen, und er zeigte ihm prächtige Exem-
plare aus Nigeria und Shri Lanka, Ecuador und Indo-
nesien. Astrids Bruder sei Missionar und schreibe
ihm oft. Halberstadt bemerkte anerkennend, dass
Lars die Briefmarken sorgfältig und sachgerecht geordnet hatte. Dafür hätte ihm, als er in Lars' Alter
mit dem Sammeln begonnen hatte, die Geduld ge-
fehlt. Und er erzählte dem Jungen, dass er, wenn ihm
Geld für einen Kinobesuch fehlte, die wertvollsten
Marken bei einem alten, ankaufwilligen Händler, der
ihm überdies gewogen war, abgesetzt hätte. Das würde er niemals tun, sagte der Junge entrüstet.

Die Dämmerung setzte bereits ein, als sie mit dem
Hund zum nahen Strand gingen. Ole entschuldigte
Astrid, die sich zurückgezogen hatte. Sie sei müde und
habe Kopfschmerzen. Lars war mitgekommen und
beschäftigte sich und den Hund mit einem Stock, den
er immer so weit warf, wie es ging. Ein unermüdliches
Spiel. Der Neufundländer war trotz seiner Größe und

seines Gewichts wendig und schnell. Sein Bellen war
ein heißerer, tiefer Bass, wie aus einem tiefen Brun-
nen oder Gewölbe tönend. Bald waren Hund und
Junge nur noch zwei Punkte in der Flucht des Stran-
des. Die Wolkendecke war bis knapp über den Hori-
zont gezogen und erinnerte an abgeschnittenen, dun-
kelgrauen Filz. Fischerboote oder Krabbenfänger
waren zu sehen, und weiter in der Ferne ein weißes
Passagierschiff, das einer der letzten Sonnenstrahlen
des Tages noch einmal aufleuchten ließ. Die Sonne
ging als rote Scheibe hinter dem Waldhügel von Risskov unter. Die Luft war nach dem Regen klar und mit
Goldfäden durchwoben, eine frische Brise ging. Über
dem leichten Wellengang glitzerte es vielfarbig, und
wie immer, wenn das Meer aufgewühlt worden war,
schmeckte die Luft besonders würzig nach Fisch und
Alge. Sie gingen eine Weile schweigend, mit ausladenden Schritten über den blanken Strand, wobei
Halberstadt das Gefühl hatte, seine Lungen weiteten
sich. Er dachte wieder an Marlene, wie gerne hätte er
sie jetzt neben sich gespürt. Eine Anwandlung, eine
vorübergehende Schwäche, sagte er sich. Und sogleich wehrte er das Gefühl ab. Als sie zurückkehr-
ten, war es schon dunkel, und in den Fenstern der
Häuser leuchtete warmes Licht.

Das Haus der Gastgeber lag im völligen Dunkel, bis sich die Laterne neben der Haustüre automatisch einschaltete. Lars brachte Max zu seiner Hütte. Die Männer standen im Hinterhof unter einem sternenübersäten Nachthimmel und schauten auf. Just in diesem Moment zeigte sich eine Sternschnuppe mit langem Schweif. Lars kam hinzu und sagte, er wolle einmal Astronaut werden. Die Männer lachten. Ole gab Lars einen Schlüsselbund und sagte, er solle schon einmal ins Haus gehen, es sei spät geworden. Träum schön von einer Sternenreise, sagte Halberstadt zu dem Jungen. Nachdem Lars gegangen war, sagte Ole zu Halberstadt, er müsse ihm noch etwas zeigen. Er führte ihn zu dem nahen Schuppen, griff unter einem Stein nach einem Schlüssel, öffnete das Tor und machte Licht. Unter einer Neonröhre stand ein blitzblankes Motorrad, eine Harley Davidson. Halberstadt staunte und Ole zeigte sich als stolzer Besitzer. Mit der Maschine sei er nach seinem Studium bis nach Lappland gefahren, sagte er, Astrid habe er leider nie dazu bewegen können, mit ihm auf Touren zu gehen. Jetzt hole er die Maschine nur noch selten aus dem Schuppen, aber sie zu warten und zu pflegen, mache ihm immer noch Spaß. Ole schloss den Schuppen wieder ab und begleite seinen Gast zur

Kellertür, wo sie sich mit munteren Sprüchen Gute Nacht wünschten. Als Halberstadt die Tür schon aufgeschlossen hatte, fiel Ole noch etwas ein: Wenn er, Halberstadt, Schlafwandler sei, sage er es besser vorher. Sie lachten wie Männer lachen, und dann war Halberstadt mit sich allein. Vom Bett aus sah er auf das tiefrote Samt des Bühnenvorhangs, der ihn mit seinen geheimnisvollen Falten an die freudig-gespannte Erwartung früher Kindertage erinnerte. Halberstadt schaltete das Licht aus und ließ den Tag seiner Ankunft noch einmal Revue passieren. Dabei schlief er ein. Er schlief sehr tief.

Am Morgen erinnerte er sich an einen Traum: Auf einem Segelboot war er mit Ole in Seenot geraten. An den Ausgang des Traumes konnte er sich nicht mehr erinnern. Er war mit einem Rumoren im Bauch aufgewacht, ein Aufruhr seiner Gedärme, Folgen des oppulenten Abendessens. Ole hatte immer wieder nachgereicht und versucht, ihm ein Lob auf den dänischen Käse zu entlocken. Später im Esszimmer, in das die Sonne hineinschien und sich Wärme ausbreitete, fühlte er sich wieder besser. Das viele helle Holz strahlte Heiterkeit aus. An einem Ende des ausladenden Tisches war ein Frühstück für ihn vorbereitet: Gekochte Eier und Schinken, Butter und Marmelade, Milch und Weißbrot, und dazu eine große Thermoskanne mit Kaffee. Auf einem Zettel las er in Oles schwungvoller Handschrift Grüße und gute Wünsche für den Tag. Daneben lag ein Stadtplan von Arhus sowie eine Broschüre mit touristischen Informationen.

Halberstadt bemühte sich, nach dem Frühstück einen reinen Tisch zu hinterlassen, wie er es von Ole gesehen hatte. Ein Blick noch auf die drei Bilder an der Wand, die Umhängetasche über die Schulter geworfen, schon machte sich Halbertstadt mit einem starkem Vorwärtsdrang auf den Weg. Er stieß auf den Pfad, den Ole ihm empfohlen hatte, ging zügig durch den Wald und fand im gefilterten Licht des Laubes seinen Rhythmus. Auf dem zumeist geraden und ebenen Weg tanzten die Sonnenflecken. Halberstadt hatte das Gefühl, er ließe etwas hinter sich. Jedenfalls hoffte er das. Wieder musste er an Marlene denken und feststellen, dass sich Gedanken an sie immer bei einem Wohlsein einstellten. Er fragte sich, ob er Marlene anrufen sollte, verwarf diese Idee aber sogleich, denn eine aufkommende Unordnung der Gefühle warnte ihn. Wollte er nicht gerade das vermeiden und Abstand finden? Erst einmal musste er hier ankommen, die neue Stadt kennenlernen. Ja, das wollte er. Und er beobachtete wieder das Spiel von Licht und Schatten, das sich bei seinem Gang durch den Wald darbot und fragte sich, wie sich das in malerische Strukturen fassen ließe. Erst einmal mussten Vorstellungen wachsen, und dafür musste der Phantasie Raum geschaffen werden.

Nach der langen Waldettappe trat Halberstadt wieder ins Offene. Eine breite, befahrene Straße zeigte sich. An einer Ecke befand sich ein Schild, auf dem ›Nordre Kirkegard‹ stand. Es war der alte Friedhof der Stadt, umgeben von einer hohen Backsteinmauer, hinter der dicht und mit überhängenden Ästen stattliche alte Bäume standen. Halberstadt sah auf dem Stadtplan, dass jenseits des Friedhofs das weitläufige Universitätsgelände mit Parkanlagen und einem kleinen See lag. Halberstadt blieb an der Straßenecke stehen, betrachtete den vorüberziehenden Verkehr und nahm auch die dazugehörigen Geräusche als willkommenes Lebenszeichen der Stadt auf.

Auch um seine Vorfreude auf die neue Stadt, die er zu Fuß zu erkunden dachte, noch zu verlängern, ging er zuerst zum nahen Fischereihafen. Es war auch das Wasser, das ihn anzog, und schließlich wollte er sich vor Augen führen, dass er sich hier in einer

Hafenstadt befand. Vor Anker liegende Schiffe hatte er sich immer gerne angeschaut, schon damals in
seiner Kindheit am Rhein. Halberstadt passierte kleine, fischverarbeitende Fabriken, Lagerhallen und
Kühlhäuser. Als er weiter draußen auf der Kaimauer stand, bließ ihm ein steifer Wind entgegen. Zwei
Fischer richteten bedächtig und schweigend ihre Net-
ze. Es roch nach Fisch und frischer Farbe. Ein Fischkutter alten Stils bekam einen neuen Anstrich. Männer riefen sich etwas zu, begleitet von rauhem Gelächter. Halberstadt kam sich fehl am Platze vor. Nie-
mand außer ihm befand sich in diesem Hafengelän-
de, der nicht irgendwo Hand anlegte. Touristen zog
es gewöhnlich zum Yachthafen oder zu den vor
Anker liegenden Kriegsschiffen. Halberstadt ging
noch weiter auf die Kaimauer hinaus, so weit es ging.
Möwen strichen in der Hoffnung auf essbare Happen um ihn. Halberstadt hatte von hier aus einen
Überblick über das gesamte Hafengebiet mit seinen
unterschiedlichen Becken, die sich in der Bucht von
Arhus bis weit nach Süden ausstreckten. Auf dem
weiten Wasser war viel Schiffsverkehr.

Halberstadt setzte seinen Weg in die Innenstadt
fort. Es genügte, die Richtung zu kennen, auf den
Stadtplan wollte er verzichten. Sollte ihm doch der

sonnenhelle Tag die Fährte legen. Über den tiefblau-
en Himmel strichen Wolkenfetzen aus der Richtung
der Bucht als flatternde weiße Fahnen im Wind. Halberstadt wollte sich treiben lassen, ging zunehmend
beschwingt und nahm das Vorüberziehende auf als
einen Film, der aus eigener Regie durch seine Schritte und Kopfdrehungen entstand. Er bevorzugte Ne-
benstraßen, wo es weniger Verkehr gab, der vom
Schauen ablenkte. Den Blick über Häuserzeilen streichen zu lassen, führte zu einem glücklichen Taumel,
Mauern, Fenster, hinter denen sich ein Spektrum
menschlichen Lebens abspielte. Immer mehr Passanten begegneten ihm, ein Zeichen, dass er sich dem
Zentrum näherte. Das Lächeln der Frauen, das ihm
beim Vorübergehen wiederholt geschenkt wurde,
galt vielleicht gar nicht ihm, sondern nur dem guten
Mut dieser Stunde, den er ausstrahlte. Und die all-
gemeine Offenheit der Menschen, die er hier festzustellen glaubte, war vielleicht nichts anderes als der
Spiegel seiner eigenen Offenheit, mit der er auf die
Stadt zuging.

Kaum hatte Halberstadt die Fußgängerzone
erreicht, kam jemand auf ihn zu und sprach ihn an.
Einer wie aus längst vergangenen Tagen, mit einem
farblos verfilzten Rauschebart und einer Nickelbril-

le über der Schnapsnase. Ein Gesicht, das er nicht gleich einschätzen konnte, zumal es ihm mit einem unangenehmen Mundgeruch zu nahe kam, was seine Abwehr hervorrief. Doch als er in die klaren, milden Augen schaute, entschied er sich, nicht gleich weiterzugehen. Der Mann, älter erscheinend als er, um die Fünfzig, trug schulterlanges Haar, dunkelblond, von grauen Strähnen durchwirkt und verfilzt. Seine Kleidung war abgerissen und farblos. Aus einem der abgelatschten Schuhe lugte keck ein großer Zeh hervor, der sich ständig auf und nieder bewegte, als wolle er nun mitreden. Vor den Füßen des sanften Wegelagerers stand ein praller Seesack. Als Halberstadt aufschaute, hatte ihn der Mann sofort wieder mit seinem Blick fixiert. Es kam, was kommen musste: die Frage nach Kleingeld, die auf englisch an ihn gerichtet wurde. Halberstadt merkte, dass er sich auch ohne Worte schon zu weit auf den Mann eingelassen hatte. Der Mann war als Schnorrer ein Profi. Als Halberstadt den Geldbeutel zog, hielt der Schnorrer bereits die Hand auf. Er gab ihm einige Münzen.

Überraschend bedankte sich der Mann auf deutsch und erklärte gleich darauf, dass er aus Hamburg komme, und übrigens Helmut heiße, und Schmidt noch dazu, wofür er aber nichts könne. Georg, sagte Halberstadt, ich heiße Georg. Und nun, als wolle er damit eine Gegenleistung für das kleine Almosen erbringen, begann der Schnorrer über seinen Dänemarktrip zu erzählen. Er habe Abstand von Hamburg gebraucht, einiges sei schief gelaufen, ein Kumpel sei drauf gegangen. Nein, er habe nie harte Drogen genommen, darauf sei er stolz. Nach einer kurzen, bedeutsamen Pause sagte er: Wenn du auf der Straße lebst, musst du erst recht deine Form wahren. Dieser Satz beeindruckte Halberstadt. Also, fuhr Helmut fort, sei er nach Dänemark getrampt, weil hier die Leute mit seinesgleichen toleranter umgingen, das merke man gleich beim Trampen. Vor allem, wenn man wie er mit einem Hund unterwegs sei. Einmal hätte sogar eine Gruppe von Hells Angels angehalten, um ihn und den Hund in einem Beiwagen mitzunehmen. Aber oben bei Skagen, an der Nordspitze Jütlands, sei der Hund dann unter die Räder eines Lastwagens gekommen. Jimmy, so habe der rothaarige Setter geheißen, sagte der Tramp mit feuchten Augen, sei sein bester Freund gewesen. Halberstadt drückte sein Bedauern aus, hatte aber leise Zweifel an der Geschichte. Da kramte der Tramp ein Halsband mit Erkennungsmarke und eine Hundeleine aus den Tiefen seines Parka. Das sei alles, was ihm von Jimmy geblieben sei. Halberstadt erschien das Rührstück als eine Finte, dem gutmütigen Zuhörer noch etwas mehr Geld aus der Tasche zu ziehen, zu eingeübt schien alles. Dennoch gab er dem Schnorrer, vielleicht nur um sich freizukaufen und endlich ungehindert seiner Wege gehen zu können, noch etwas Geld. Wenn es auch eine Lügengeschichte war, dachte Halberstadt, so hatte sich der Schnorrer doch wenigstens etwas einfallen lassen. Mit beiden Händen wollte Helmut zum Dank die Spenderhand drücken. Doch Halberstadt entzog sich und sagte, es sei schon gut so, und ging seiner Wege. God bless you, rief der Schnorrer ihm nach.

Die Fußgängerzone unterschied sich kaum von deutschen und denen anderer mitteleuropäischer Städte, die er gesehen hatte. Auch hier, wo er es gerne anders gesehen hätte, fand er das übliche Getriebensein der Konsumenten, mit ihren Einkaufstüten auf dem Weg zum Parkplatz. Halberstadt versuchte ›wahrnehmbare Gesichter‹, wie er es nannte, im Durcheinander der Menge auszumachen. Aber durch ihre Zielgerichtetheit sahen die meisten Passanten wie verwischt oder verzerrt aus. Vor allem, wenn man selber nicht mithastete, stehenblieb und sozusagen aus dem Off beobachtete. Halberstadt sah sich einmal mehr an die Porträts des englischen Malers Francis Bacon erinnert, seelische Entstellungen brutal nach außen gezerrt, entstellte Gesichter. Halberstadt beeindruckte der originäre Ausdruck dieser Bilder sehr, doch war es eine andere Sicht der Dinge, die er suchte. Das unverkennbare Gesicht, das von sich aus zu einem Bild wurde, dem er nichts Interpretierendes mehr hinzufügen musste, reiner Stil.

Am Morgen, beim Zähneputzen, hatte er etwas länger als gewöhnlich in den Spiegel geschaut. Er hatte nach Spuren des Alterns gesucht. Ein fließender Vorgang war das Altern, es sei denn, man ergraute über Nacht, was nach heftigen Schicksalsschlägen vorkommen sollte. Das graumelierte Haar an seinen Schläfen war ein sanfter Vorbote. Wie man sich an sein Gesicht gewöhnte, dachte Halberstadt. Er hatte dazu lange gebraucht. Als Jugendlicher hatte er Gesichtszüge vor dem Spiegel probiert, weil er sich mit seinen eigenen nicht anfreunden konnte. In letzter Zeit kam es ihm manchmal vor, dass ihm sein Gesicht fremd erschien. Als sei es nicht sein eigenes Spiegelbild, in das er schaute, sondern ein anderes Ge-

sicht, das ihm kritisch entgegen blickte. Ob man gut
aussah, bestimmten die anderen. Nur in den Augen
einer liebenden Frau hatte er sich ganz sicher gefühlt.
Zu einer, die er besonders schön fand, hatte er beim
gemeinsamen Gang durch die Straßen einmal ausge-
drückt, wie dankbar er sei, sie an seiner Seite zu haben. Daraufhin hatte die Frau lachend gesagt, dass
sie das gleiche auch über ihn sagen könnte.

Das Lachen einer Frau unterbrach Halberstadts
Gedankengänge. An einem der Nebentische sah er
sie, jung, mit dem Ausdruck uneingeschränkter Lebensfreude, mit liebenden Augen, die auf den jungen
Mann, der ihr gegenüber saß, gerichtet waren. Weh-
mütigkeit und ein Gefühl des Ungenügens überkam
Halberstadt bei diesem Anblick. Er zog aus Verlegenheit den Stadtführer aus der Tasche und blätterte darin. Eine Auswahl von Sehenswürdigkeiten der Stadt
waren von Ole angekreuzt und mit Anmerkungen
versehen worden: ›things you must see‹. Neben dem
Abschnitt ›Shopping‹, womit die Fußgängerzone
gemeint war, hatte Ole vermerkt: ›Many galeries
also, take a look!‹ Halberstadt fühlte sich in der
Pflicht, dem Vorschlag des Malers zu folgen und ließ
die Rechnung kommen. Er warf noch einen Blick auf

das Paar am Nebentisch, eine Insel der Glückselig-
keit, dann ließ er das Straßencafé hinter sich und
schaute sich in den Galerien um. Meist genügte ein
Blick, kaum etwas ließ sich an Kraft und Originalität
mit den Bildern Oles vergleichen. In der Lücke zwischen Seelandschaften mit Segelschiffen und dem ab-
strakten, längst epigonalen Expressionismus waren
zaghafte Ansätze eigenständiger, wieder dem Gegenstand und der Figur zugewandter Malerei. Ole hatte schon in seinen Briefen erwähnt, dass in Arhus der
Jazz und die Malerei in enger Verbindung stünden
und sich gegenseitig befruchteten. Doch jetzt fühlte
sich Halberstadt, der eigenen Bildvorstellungen wieder auf die Spur zu kommen versuchte, durch den
Anblick der vielen, ihm belanglos vorkommenden
Bilder belästigt und verstimmt.

Er verließ die Fußgängerzone. Und indem er wieder freischwingenden Schrittes durch die Straßen
ging, begann er auch wieder das Licht und die Luft,
den Sonnenschein und die Farben des Tages wahr-
zunehmen. Von keiner Sehenswürdigkeit wollte er
sich aufhalten lassen, sie allenfalls mit Interesse streifen im Vorübergehen. Selbst das Wikingermuseum,
das nach Funden im Kellergewölbe unter einem stattlichen alten Bankhaus eingerichtet worden war, ließ

er links liegen. Er kam zur Domkirche, umrundete sie, blickte auf zur Turmspitze, ging durchs Klosterviertel mit den ältesten Mauern der Stadt, betastete da und dort einen Stein im Gemäuer, rieb bröckelnden Mörtel zwischen den Fingern, kickte eine Coladose übers Pflaster, streichelte eine Katze, umarmte einen Laternenpfahl, pfiff eine Zufallsmelodie, kam auf einen alten Schlager, der nun gesungen wurde im Schutze des Fremdseins in dieser Stadt, wo Halberstadt sich auf einmal frei und übermütig fühlte, so dass nichts passender sein konnte als ein sentimentales Lied von der Liebe. Lange Straßenzüge mit alten Häusern, breite Gehsteige entlang der Boulevards, große Plätze ließen ihn ausschreiten, dem Übermut nachgehen. Es tat ihm gut, dass die Stadt weitgehend frei war von dem, was in deutschen Städten Bausünden genannt wurden. Das machte ihr Gesicht aus. Und er stellte fest, dass auch das harmonische Erscheinungsbild dieser Stadt seine Stimmung beeinflusste.

Halberstadt dachte an eine von Oles Empfehlungen, eine Touristenattraktion, an der er kaum vorbei kommen würde. In dem Freilichtmuseum war eine alte dänische Stadt, wie sie zu Hans Christian Andersens Zeiten noch ausgesehen haben mag, nachgebaut worden. Balken für Balken, Stein für Stein, im ganzen Land abgetragen und gesammelt, boten reichlich Anschauungsmaterial für den, der den Märchen des dänischen Dichters nachspüren wollte. Aber nichts für mich, dachte Halberstadt, als er durch die kleinen Straßen mit den alten Läden, Wirtsstuben, Werkstätten, an schmucken Bürgerhäusern vorüberschlenderte. Er schaute in eine Bäckerei, wo das Personal stilgerecht kostümiert war und die zierliche Bäckersfrau mit dezentem Charme ihre Backwaren verkaufte. In einem Gasthaus wurde Met ausgeschenkt von einem dickleibigen Wirt, der derb aber herzlich war und Anzügliches zu den jungen Frauen sagen durfte, die entweder kokett oder schamhaft reagierten. Ja, in den Häusern mit ihren historisch getreuen Interieurs konnte man sich das Leben früherer Zeiten durchaus vorstellen. Und dennoch blieb Halberstadt nur ein schaler Geschmack, verursacht durch das Gemenge von Nostalgie und Folklore. Aber das wollte er tunlichst vor seinem Gastgeber verbergen, der diese Stadt mit allen drum und dran vorbehaltlos liebte. Erzählen könnte er, wie ein Junge, der bei der malerischen Mühle einen Schwan füttern wollte, ins Wasser gefallen war. Ja, auch zu seiner, Halberstadts Erleichterung, habe er schwimmen können.

Danach bekam Halberstadt Lust auf wirkliches, heutiges Leben. Das Universitätsgelände war nicht weit. Was er vorfand, war ein wahrer Campus mit viel Grün. Im Sonnenschein der Mittagszeit waren hunderte von Studentinnen und Studenten über die Liegewiesen um einen kleinen See verteilt: Frisbee spielend, in Papiere oder Unterhaltung vertieft, ausgestreckt. Halberstadt fand einen Platz auf der Höhe eines Hügels, an einer freien Stelle, wo er alles überblicken konnte. Er fühlte sich unbehelligt und wohl unter der Jugend und ihrem Selbstverständnis, ihrer Lässigkeit, hinter der sich erotische Energie verbarg. Es war eine Atmosphäre, die dem Sonnenlicht einen zusätzlichen Glanz verlieh. War es nicht genauso gewesen, als er in Konstanz, Berlin und Freiburg studiert hatte? Er erinnerte sich auch daran, dass es zu seiner Zeit auch Unruhe und Anspannung gegeben hatte, dass vieles problematisiert und in Diskussionen ausgetragen worden war. Die folgende Generation war schon wieder ein Stück weiter entfernt gewesen von den Belastungen der Vergangenheit, war geprägt worden von einem anderen Selbstverständnis, von Jahren ungebrochenen Wohlstands und einem Status Quo der Weltpolitik. Was nun die dänische Jugend grundsätzlich von der deutschen unter-

47

schied, war ihre Freiheit vom Zwang einer Vergangenheitsbewältigung, der sich in Deutschland auch nach längeren Pausen bemerkbar machte und auch immer wieder Begründung fand.

Halberstadt, der unter Einwirkung der Sonne sich einem Dösen hingegeben hatte, sah plötzlich etwas im Wind flattern, über den See hinweg. Dem flatternden, vogelgleichen Etwas folgte ein Aufschrei. Halberstadt blickte zum unterhalb liegenden Seeufer, wo eine Studentin dem Ding, das gerade auf der Wasserfläche landete, mit einem Buch nachwinkte. Es wird ein Schutzumschlag sein, dachte er. Das gleiche war ihm am Bodensee passiert, als er auf einer Wiese eingeschlafen war, ein Buch neben sich. Der Wind hatte, wie hier, den Schutzumschlag vom Buch gelöst, und als er die Augen wieder aufgeschlagen hatte, war er auf dem Wasser getrieben und schließlich von einem vorbeikommenden Schiff versenkt worden. Nach dieser Beobachtung, und weil die Sonnenwärme ihre Wirkung tat, legte Halberstadt seinen Kopf auf seine Ledertasche. In der befanden sich vorsorglich Lesestoff, Skizzenblöcke und Stifte. Halberstadt nickte ein, bis eine aufkommende frische Brise ihn wieder zur Besinnung brachte. Die tanzenden Lichtreflexe des Sees blendeten ihn zuerst, aber dann sah

er, wie der Buchumschlag immer noch auf dem Wasser trieb, dem entgegengesetzten Ende des Sees zu.
Drei Studentinnen gingen eingehakt, schwatzend und
kichernd an ihm vorüber. Eine davon, er war sich sofort sicher, war das Mädchen, das er gleich nach seiner Ankunft auf dem Rennrad gesehen hatte. Sie bil-
dete den Mittelpunkt zwischen den beiden andern
Mädchen, die neben ihr verblassten. Halberstadt war
erneut beeindruckt. Und eine aufkommende Unruhe
ließ ihn sofort aufbrechen.

Als Halberstadt den alten Friedhof, der an die Universität grenzte, auf einem breiten Gehweg umrundete, kamen ihm zwei Figuren hoppelnd, Arme und
Beine werfend, entgegen. Mann und Frau, ein selt-
sames, offenbar gut gelauntes Paar. Im Näher-
kommen der beiden bemerkte Halberstadt, dass der
Mann die Frau zu umfassen, ja zu grapschen beab-
sichtigte. Ihr Pferdeschwanz wurde dabei durch den
eigentümlichen Rhythmus ihrer Bewegungen hin und
her geworfen. Kichernd, mit Schaumbläschen in den
Mundwinkeln, mit mal links, mal rechts einknicken-
den Hüften versuchte die Frau den Annäherungen
des Mannes auszuweichen. Sie tat es mit dem Ausdruck aller Grazie, die ihr zur Verfügung stand,

während der Mann in seinen Bewegungen zackiger, fast gewollt soldatisch wirkte. Es war offenbar ein Spiel, das dem Paar Vergnügen bereitete. Ohne Halberstadt Beachtung zu schenken, zogen sie in ihrem Liebestanz an ihm vorüber. So etwas hatte Halberstadt noch nicht gesehen. Hatte er deshalb nach Dänemark kommen müssen, in dieses so freie, freizügige Land, wie gesagt wurde? Die beiden hinterließen bei Halberstadt ein Bild, wie es Ole gemalt haben könnte. Halberstadt setzte diesem Bild noch einige kräftige Pinselstriche hinzu.

Als er die Stadt verließ, zog es ihn noch einmal zum Hafen, zu einem Becken, das er zuvor nicht gesehen hatte. Mehrere Panzerkreuzer der deutschen Marine lagen vor Anker, eine Attraktion für Schaulustige. Ole hatte ihm davon erzählt. Auch darüber, dass am folgenden Tag die Barkasse der Königin Margarethe anlegen sollte. Ihre Hoheit, die in Kopenhagen residierte, wollte es sich nicht nehmen lassen, eine Ausstellung im Kunstmuseum von Arhus zu eröffnen. Ein Ereignis, auf das Halberstadt gespannt war. Unter den zeitgenössischen dänischen Künstlern würde auch Ole mit mehreren seiner Bilder vertreten sein. Halberstadt dachte mit Bewunderung an diesen

Mann, der ein beachtlicher Maler war, einen Marathonlauf durchstehen konnte, mehrere Musikinstrumente beherrschte und einem sinnvollen Beruf nachging. Dabei war er eine strahlende Erscheinung und legte ein ungebrochenes, doch unaufdringliches Selbstbewusstsein an den Tag. Und dennoch schien ein Schatten zu liegen über diesem schönen weißblauen Haus, in dem Halberstadt zu Gast war.

Nach den Hafenanlagen nahm Halberstadt einen Weg entlang des schmalen Küstenstreifens, der an dieser Stelle zwischen dem dichten Wald und den Wassern des Kattegat verblieb. Über den Damm zog eine rote Nahverkehrsbahn, die Geräusche der Straße wurden von dem leichten Wellenschlag, der sich hier an runden und zerbrochenen Steinen brach, geschluckt. Bald führte der Weg zu einem Sandstrand, an dem sich alt und jung tummelten. Das Badewetter verführte auch Halberstadt zu einem kurzen, erfrischenden Bad. Danach setzte er sich auf einen sonnenwarmen runden Stein und schaute dem Strandvergnügen zu, den jungen Müttern mit ihren im Sand buddelnden Kleinen, den ausgelassenen jungen Frauen, die vielleicht für heute das Studieren sein ließen, den auffallend vielen alten Männern, die sich einzeln oder in Gruppen aufhielten. Darunter waren drei ähnlich drahtige, sportliche Greise, die offensichtlich die Frauen im Visier hatten.

Halberstadt staunte, mit welch unverstellter, ja unverschämter Geilheit sie das junge Fleisch anstarrten und sich darüber vernehmbar ausließen: dirty old men. Er konnte ihre Sprache zwar nicht verstehen, aber sich gut vorstellen, was für Sprüche sie machten. Sie schienen darauf aus zu sein, die Aufmerksamkeit der Mädchen, die ihre bloßen Brüste zeigten und sich ungezwungen bewegten, auf sich zu ziehen. Durch die Blicke, die sich die Mädchen zuwarfen, merkte Halberstadt, dass ihnen die Aufdringlichkeit der drei Alten nicht entging. Die wiederum sahen sich dadurch noch mehr angespornt, ihre obszönen Handbewegungen und ihre Grimassen machten es deutlich. Eines der Mädchen stand auf und ging den Spannern provozierend, mit Hüftschwung entgegen. Sie war blond, braungebrannt und trug ein rosafarbenes Bikinihöschen. Wenige Meter von den drei Alten entfernt drehte sie sich um und streckte ihnen wackelnd den Po entgegen. Dabei zog sie das Höschen zu einem schmalen Streifen zwischen die Backen, was sehr aufreizend aussah. Es rief bei den geilen Greisen ein Gelächter hervor, dass es sie wie in einem Veitstanz schüttelte. Halberstadt erinnerte sich, dass Marlene ihn einmal beim Baden auf ähnliche Weise gereizt hatte. Das Gejohle der alten Männer war nun den jungen Frauen genug. Sie packten ihre Sachen und zogen am Strand weiter.

Nach einem Wechselbad zwischen Ekel und Belustigung verlockte es Halberstadt, Stifte und einen der Blöcke, die er immer in seiner Tasche mit sich trug, hervorzuholen. Er zeichnete flink und kolorierte kräftig. Die Bilder hatten sich schon während der Beobachtung in seinem Kopf eingestellt, sie mussten nur hervorgeholt zu werden. Unter seiner Hand entstanden mehrere Karikaturen. Auf einem Blatt traten aus den Grimassen der drei Alten die Augäpfel hervor, Augäpfel, die sich selbständig machten und auf die Mädchen zu flogen. Auf einem andern Blatt wurden die Greise niedergedrückt von ihren überdimensionalen Penissen, während nackte dralle Mädchen sie umtanzten. Und dergleichen mehr. Halberstadt betrachtete die Blätter, fand sie zeichnerisch recht gelungen, mochte sie aber nicht. Der Maler Ole hätte mit seinen Mitteln vielleicht Kunst aus solchen Beobachtungen machen können, er hatte einen Zugang zu den Dingen gefunden, der hinter das Sichtbare führte, ewas Zugrundeliegendes hervorbrachte. Halberstadt zerriss die Blätter zu kleinen Schnippseln, so klein, dass nichts mehr erkennbar war. Als Konfetti trieben sie heiter im Wind, wehten rasch über den Strand und die Wellen, was wenigstens eines der kleinen Kinder zu einem freudigen Ausruf veranlasste und Halberstadt vorübergehend wieder etwas mit sich und der Welt versöhnte.

Wieder befand sich Halberstadt auf dem Pfad, der nach Risskov führte. Im kühlen, durchlüfteten Laubschatten war er mit sich und seinen Gedanken wieder allein. Ohne Ablenkung folgten sie ihm wie kleine Kläffer auf dem Fuße und zwickten ihn, ohne dass er sie abwehren konnte. Zweifel am Sinn seines Aufenthalts stiegen in ihm auf. Ein Gefühl der Leere und Orientierungslosigkeit stellte sich ein. Was hatte er hier zu suchen? Was gingen ihn die Geschichten anderer Leute an? Er fragte sich, ob seine jetzige Verfassung durch den Aufenthalt an diesem Ort bedingt wurde, oder ob er sich an jeder anderen Stelle dieser Welt jetzt genauso miserabel fühlen würde. Dabei war Arhus eine Stadt, die ihm außerordentlich gut gefiel. Doch Halberstadt hatte am Anfang des Tages den Weg durch den Wald leichteren Schrittes genommen. Es war nicht die Ermüdung wegen des vielen Gehens und Schauens, sondern ihm war, als schleppte er jetzt eine Last mit sich, obwohl ihm seine Tasche gerade so leicht über der Schulter hing wie zuvor. Auch erschien ihm der Wald nicht mehr so heiter in seinem Blätterspiel, sondern eher bedrückend in seiner Undurchdringlichkeit. Die Sonne hatte sich geneigt.

Warum, fragte sich Halberstadt, war ihm die Sommerzeit so oft zur Krisenzeit geworden. Bereits in der Kindheit hatte ein Zuviel an Sonne, Licht oder gar Hitze bei ihm Panik hervorgerufen, hatte er den Laubschatten gesucht, wo andere sich dem blanken Himmel nicht genug ausetzen konnten. In der Schulzeit, als er den Anderen gleichtun wollte, war ihm auf dem Höhepunkt der Ausgelassenheit, wenn sie ihm einmal gelang, oft etwas zugestoßen. Knochenbrüche und schlimme Verletzungen, Stürze und Niedergeschlagenheit, all das, was ihn vom sommerlichen Treiben der Anderen mit einem Schlag abgesondert hatte. Alle Narben an Körper und Seele gingen auf Unfälle im Sommer, auf verunglückte Sommer zurück. Wie jener, als sein bester Freund ihm seine große Jugendliebe ausspannte. Dunkle Sommerzeit, leere Ferienzeit. Warum diese Angst vor der Sommerzeit, auf die sich der Rest der Welt freute? Ein kluger Freund, mit dem er einmal darüber sprach, hatte es für möglich gehalten, dass er, Halberstadt, als Kleinkind vielleicht einmal zu lange der Sonne ausgesetzt gewesen war. Seine Mutter hatte sich verletzt gezeigt, als er sie darauf ansprach, was ihm Leid tat. Wenige Sommer waren in Halberstadts bisherigem Leben gelungen gewesen. Nie hatte er den Ursachen auf den Grund kommen können.

Doch es hatte auch Glücksmomente im Sommer gegeben, wenn die Familie Ausflüge in die Natur machte, wenn der Vater ihm die Augen öffnete für die kleinen Dinge, für Pflanzen, Insekten und Steine, ihn aufmerksam machte auf die Herrlichkeit der Bäume und ihrer Bewohner, die Vögel, auf den Zauber des Sonnenlichts auf den Blättern und während des Sonnenuntergangs. Auch die Erfahrung des Körpers mit dem Wasser im Freien, war dem Sommer zu verdanken, das erste Hochgefühl, sich mit wenigen Bewegungen im Wasser zu bewegen und nicht unterzugehen, bevor es zur Selbstverständlichkeit des Schwimmens wurde. Und dann war es doch wieder ein Sommer gewesen, als es zum Bruch mit dem Vater kam. Es war einer jener Ferientage, den Halberstadt mit Freunden im Freibad verbrachte. Erst mit Sechzehn hatte er das Glück der Gemeinschaft von Gleichaltrigen erfahren, hatte er endlich einen Freundeskreis gefunden, der ihm half, aus sich heraus zu gehen. Ganze Tage im Freibad hatte er sich bis dahin nicht vorstellen können. Das viele Im-Wasser-sein, zu dem ihn die Freunde bald nicht mehr überreden mussten, ließen ihn Sonne und Licht besser vertragen. Und wenn es ihn dann doch wieder einmal in den Schatten zog, fiel es niemandem mehr auf. Es war an einem solchen Tag noch etwas geschehen, was die Hochstimmung von Halberstadt zusätzlich gesteigert hatte. Er hatte es zum ersten Mal gewagt, ein Mädchen anzusprechen, das ihm gefiel, auf das er schon lange ein Auge geworfen hatte, wie man sagte. Nein, es war mehr, er konnte die Augen nicht mehr von ihr lassen, wenn er sie sah und musste immer an sie denken, wenn er sie nicht sah. Er hatte sie angesprochen und sie hatte sich nicht abgewendet. Danach war er außer sich vor Freude gewesen.

Mit lautem Hallo hatte er sich von den Freunden, die einen anderen Heimweg hatten, verabschiedet. Wie sie war er auf dem Fahrrad. Ein langer Straßenabschnitt war vor ihm gelegen. Einen aufrischenden Wind im Rücken, war er in Richtung Stadt gesegelt. Die untergehende Sonne hatte den Himmel feurigrot gefärbt und der Sandtstein des Kaiserdoms glühte. Halberstadt hatte in seinem Hochgefühl geschwelgt, den Herzschlag verspürt und tief durch die Lungen geatmet. Er hatte die Hände von der Lenkstange genommen, sie weit ausgebreitet und war beschwingt über den Asphalt gerollt. Dann aber, am Ende der Straße, hatte sich ihm auf einmal ein Polizist in den Weg gestellt. Der Polizist war von der Sorte gewesen, die glauben, Obrigkeit und Staatsgewalt demonstrieren zu müssen. Er hatte Halberstadt angebrüllt und hart in die Mangel genommen, hatte ihn vorwurfsvoll an die Verkehrsregeln erinnert und ihm Strafe angedroht. Schlimmer noch, er hatte mit der Angst und dem Entsetzen des aus allen Himmeln Gefallenen gespielt, ihm Namen und Adresse abverlangt und ihn endlich gedemütigt weiter fahren lassen.

Niedergeschlagen war Halberstadt zu Hause angekommen. Während seine Mutter für ihn ein verspätetes Abendessen zubereitet hatte – Geschwister und Eltern hatten schon gegessen – war er am Küchentisch gesessen, ohne sich mitteilen zu können. Die Mutter drängte ihn nie zu etwas, wenn er schwieg, in sich gekehrt oder bedrückt war. Von seinem vorherigen, gesteigerten Lebensappetit waren nur dumpfer Hunger und Erschöpfung geblieben. Gerade als die Mutter das Abendessen vor ihn hingestellt hatte, war der Vater in die Küche gekommen. Er hatte

scharf nachgefragt, ob das für den Sohn selbstver-
ständlich sei, zu spät zum Abendessen zu kommen,
die Füße unter den Tisch zu stellen und sich bedie-
nen zu lassen. Halberstadt erinnerte sich noch genau
an die Szene: Er hatte nicht antworten können, war
durch den Ton des Vaters noch tiefer in sein Verstum-
men abgesackt, was der Vater als Sturheit gedeutet
haben musste. Er hatte ausgeholt und mit einer
Handbewegung alles, was vor dem Sohn zum Essen
und Trinken gestanden hatte, vom Tisch gewischt.
Das fürchterliche Geräusch, der Anblick des am
Küchenboden verstreuten Abendessens: das hatte
sich für Halberstadt tief eingeprägt. Die Mutter,
Schlimmeres ahnend, hatte sich zwischen Vater und
Sohn gestellt und versucht zu schlichten. Doch der
Vater hatte sie zur Seite geschoben und dem Sohn
eine schallende Ohrfeige verpasst. Das war der Moment gewesen, als Halberstadt aufgesprungen war
und dem Vater einen Faustschlag versetzt hatte, mit
aller Kraft der Wut und Enttäuschung. Er hatte dabei
gleichzeitig das Gesicht des Vaters und das des Poli-
zisten vor sich gesehen. Der Schlag hatte beiden
gegolten.

Das Ungeheuerliche war geschehen, der erste
Übergriff des Vaters, die Gegenwehr des Sohns.

Indem er die Hand gegen den eigenen Vater erhob, hatte er ein Gesetz gebrochen. Warum hatte jener so glücklich verlaufene Sommertag so verheerend enden müssen? Später hatte Halbertstadt begriffen, dass sich in der Jugendzeit die Generationen scheiden, scheiden müssen. Ein Vorgang so alt wie die Menschheit, eine notwendige Erfahrung für die Persönlichkeitsentwicklung. Doch warum musste am Scheideweg zwischen Eltern und Kindern soviel Gemeinheit sein, soviel Gewalt ausbrechen? Warum mussten Erwachsene so oft zu wandelnden Vorwürfen gegenüber der Jugend werden? Warum diese Missgunst? Es waren diese Fragen, die Halberstadt zu seinem Beruf geführt hatten. Gerade durch die Erfahrungen, die er in seiner Jugend gemacht hatte, wollte er es als Erwachsener einmal anders machen. »Und neiden nicht, und niemandem die Lust am Leben nehmen, sondern sie ihm lehren«. Diesen Satz hatte er bei dem Dichter Richard Leising gelesen und sich gut gemerkt. Er wurde zu seiner Maxime, als er den Schuldienst antrat. Auch dass sein Engagement im Unterricht immer häufiger vor der Apathie und dem Desinteresse der meisten Schüler verpuffte, konnte ihn nicht von seinem Vorsatz abbringen.

Der Rückweg durch den Wald kam Halberstadt länger vor als am Morgen. Da war ihm kaum aufgefallen, dass der Pfad stellenweise, wenn er sich senkte, vom vergangenen Regen aufgeweicht war. Ein Stück weiter knirschte Kies, der unter seinen Schuhen nachgab. Als der Pfad wieder fester wurde und anstieg hörte er ein Knacken im Unterholz, und kurz darauf sah er ein Eichhörnchen, das flink am Stamm einer Kiefer emporkletterte. Und als er den Kopf hob, um dem Weg des emsigen Tierchens weiter zu folgen, blendete ihn ein Sonnenstrahl, der durch die Wipfel drang. Er dachte an die Zutraulichkeit der Eichhörnchen im Central Park von New York, auch an die langen Wege, die er durch diese grüne Kulisse inmitten der Weltstadt gegangen war.

Damals, lange war es her, ein Aufenthalt kurz nach seinem Examen. Seine Freundin Lissi hatte ihn dazu überredet, denn eigentlich hatte es ihn in jenem Sommer zu anderen Orten der Welt mehr hingezogen, zum Beispiel nach Lissabon. Als sei es ein Argument, hatte Lissi geantwortet, New York liege doch auf dem gleichen Breitengrad wie Lissabon. Es hatte ihn sehr belustigt und er war mitgekommen. Lissi war Flötistin in einem Orchester und wollte in der Som-

merpause einen Freund in New York besuchen. Ein
Musiker, mit dem sie in Köln studiert hatte und der
mit seiner Freundin, einer Malerin in Greenwich Village wohnte.

Es hatte sich zunächst alles gut angelassen, obwohl
New York gerade von der schlimmsten Hitzewelle
seit Jahren heimgesucht wurde. Auch wegen der Hitze spielte sich das Leben in der Stadt mehr nachts ab,
so dass auch sie den Tag mit der Nacht vertauschten
und nichts von der Zeitumstellung bemerkt hatten.
Eine Woche lang hatte der Rausch, der von New York
ausging, auf Halberstadt gewirkt. Zu den Ablenkun-
gen, die es alleine im bunten Treiben von Greenwich
Village genügend gab, kamen die Besuche der großen
Museen, die Halberstadt begeisterten. Einmal hatte
er mit Lissis Freunden eine Theatervorstellung besucht, die gerade im Gespräch war. Aber der Versuch,
die letzten Tabus auf der Bühne zu brechen, hatten
Halberstadt kalt gelassen. Allerdings hatte der Ausdruck tiefster Trauer, den die Schauspieler nach
Absolvierung aller Exzesse am Ende des Stückes aus-
drückten, dann doch einen Eindruck hinterlassen.
Das Wochenende über waren sie zusammen auf Long
Island in der Sommerfrische gewesen. Erst dabei hatte Halberstadt Lissis Freunde näher kennengelernt.

Der Münchner Alex und die französischstämmige Sylvie führten ein sehr ungezwungenes Leben. In ihrer Nähe war Lissi schon nach wenigen Tagen wie verwandelt gewesen. Sie war mit Alex, dem Klavierspieler, jeden Abend in einen Club gegangen, wo sich die Musiker und Musikerinnen des Viertels zum Austausch und zur Session trafen. Anfangs war Halberstadt, den man gleich vertraulich Georgie nannte, regelmäßig mitgegangen, obwohl er sich in diesen Kreisen unpassend vorgekommen war. Mit gemischten Gefühlen hatte er gemerkt, wie Lissi unter dem lebhaften und lustigen Haufen aufging. In ihrer natürlichen Art, die unter den vielen Affektierten besonders auffiel, war die schlanke, brünette Lissi rasch von Männern wie Frauen umschwärmt worden. Halberstadt hatte sich im Hintergrund gehalten und war sich bald ganz überflüssig vorgekommen. Die Musiker hatten es genossen, ganz unter sich zu sein, in einer eigenen Welt, die nur aus Musik bestand.

Als Halberstadt zunehmend die Zeit alleine verbracht hatte, wurde ihm auch die Hitze unerträglicher. In der stickigen Luft durch die Straßen gehend, war ihm gewesen, als ob er sich zunehmend, von Schritt zu Schritt selbst abhanden kam. Vor seinen Augen waren die Dinge zur Formlosigkeit zerschmolzen, wie auf den Bildern von Dali, die er im Museum of Modern Art gesehen hatte. Mehr als er vor seiner Freundin zugab, hatte es ihm zu schaffen gemacht, dass Lissi und Alex ganze Tage und Nächte ausblieben. Und immer wenn die Freundin auftauchte, war sie ihm ein Stück fremder geworden. Aber das hatte vielleicht mehr daran gelegen, dass er sich in diesem Hexenkessel von New York selbst immer fremder geworden war. Irgendwann war es ihm egal gewesen, was Lissi machte, ob sie seinen Zustand nicht bemerkte oder nur ignorierte. Silvie war ganz in ihrer Malerei aufgegangen, unberührt von der Hitze. Alle hatten darüber gestöhnt, nur sie nicht. In langen Sitzungen malte sie an einer Serie von Tafelbildern. Darauf bewegten sich Männer und Frauen nackt und schlafwandlerisch durch leere Räume, während sich in den Fenstern das Chaos einer Außenwelt andeutete. Am besten aber hatte Halberstadt ein früheres Gemälde von Silvie gefallen, für ihn ein Gegenstück zu Goyas Giganten, der zerstörerisch durch die Lande zieht. Bei Silvie war es ein nacktes und molliges Kind, das übergroß auf einem Hügel in der Landschaft sitzt und interessiert das ländliche Leben und Treiben betrachtet.

Der Central Park war nicht weit. Als Halberstadt angefangen hatte, sich dort aufzuhalten und viel umherzustreifen, war es ihm besser gegangen. Die unvermittelten Blicke durch das Gehölz auf die Stadt regten ihn zum Skizzieren an. Aber mehr hatten ihn die unterschiedlichsten Menschen, die hier zusammenkamen, interessiert: jung und alt, arm und reich, in allen Hautfarben. Auf einer Bank in der Sonne hatte ein unscheinbarer Businessman neben einem bunten, mit Perlen und Federn geschmückten Freak gesessen. Halberstadt war beeindruckt gewesen, wie sich beide entspannt unterhielten. Er hatte Typen entdeckt und gezeichnet, die es nur hier geben konnte, und an denen doch ein sichtbarer Stolz über ihre Herkunft festzustellen war. Silvie war von seinem Skizzenbuch angetan gewesen und hatte ihm interessiert zugehört, als er ihr seine Gedanken dazu mitteilte.

Einmal war er stundenlang im Atelier gesessen und hatte ihr beim Malen zugeschaut. Die bedachtsame Art, wie sie Farben mischte und mit feinen Pinselstrichen auf die Leinwand übertrug, hatte ihn an ihrer Ruhe teilhaben lassen. Zwischendurch hatte er durch die großen Fensterscheiben auf die Dächerlandschaft geschaut oder in einem Buch gelesen. Die Ruhe und Konzentration der Malerin, hatte sich auf ihn übertragen. Die Haltung, mit der sie vor der Staffelei saß, wie sich ihre weißblonde Mähne dabei über den dunkelblauen Kittel legte, hatte etwas seltsam Vertrautes gehabt. Irgendwann war ihm eingefallen, beim nahen Chinesen ein warmes Essen zu beschaffen, das sie dann gemeinsam zu sich nahmen. Danach hatte sie ihn eingeladen, mit ihr oben auf dem Flachdach Pause zu machen. Es war schon Abend geworden. Erst als Silvie vor ihm die Wendeltreppe hinauf gestiegen war, hatte sie auf Halberstadt ganz als Frau gewirkt. Es waren ihre Bewegungen, die ihn erotisiert hatten. Auf dem Flachdach waren Sonnenschirme, Stühle und Matten. Eine laue Sommerbrise hatte geweht und der Anblick der abendlichen Stadt, der sich aus der Höhe bot, war festlich und erhebend gewesen. Sie hatten zusammen Gras geraucht und dabei einvernehmlich geschwiegen. Auf einmal hatte sich Silvies Gesicht mit den großen brauen Augen dem seinen genähert. Lippen, die Aufwallung eines Moments, Wellen, ein Taumel ohne Zeitgefühl. Sie hatten sich ineinander verschlungen, sie hatten sich wieder voneinander gelöst.

Als Halberstadt nach einem Schlummer die Augen aufgeschlagen hatte, war Silvie neben ihm schlafend auf der Matte gelegen. Am dunstigen Himmel war der

Widerschein der Stadt gewesen, höher, in der Tiefe des Raums hatten einzelne Sterne geblinkt. Halberstadt hatte eine Decke von einem Liegestuhl genommen und sie sachte über Silvie ausgebreitet. Er hatte seinen trockenen Mund bemerkt und war die Wendeltreppe hinunter gestiegen, um etwas zu trinken. Lissi und Alex waren, wie erwartet, noch ausgeflogen. Ein Impuls hatte Halberstadt zum Telefon gehen lassen, um zu Hause anzurufen. Er hatte auf die Uhr geschaut und festgestellt, dass es in Deutschland noch früher Morgen sein musste. Schon während er wählte, war er aufgeregt gewesen und hatte sein Herz pochen gehört. Den Hörer in der Hand, das Rufzeichen im Ohr, hatte er an sein nicht eingelöstes Versprechen gedacht, die Mutter gleich nach der Ankunft in New York anzurufen. Wochen waren seither vergangen. Dann war sie auf einmal im Hörer gewesen, die Stimme der Mutter. Halberstadt hatte sofort gemerkt, dass etwas geschehen sein musste. Er hatte gefragt, ob er sie geweckt habe, ob sie beleidigt sei, weil er jetzt erst von sich hören ließe. Nein, hatte sie nach kurzem Schweigen gesagt, vor einer Woche sei sein Vater gestorben. Die Hitze, hatte sie gesagt, ein Herzversagen. Gestern sei die Beerdigung gewesen. Vor einer Woche ist dein Vater gestorben: der ungeheuerliche, weil unfassbare Satz hatte sich in seinem Kopf als Echo wiederholt.

Betäubt von der Nachricht hatte Halberstadt das Haus verlassen. Stundenlang war er durch die nächtlichen Straßen der Großstadt gestreift und den Erinnerungen an den Vater nachgegangen. Er dachte daran, wie der Vater in den Vorruhestand hatte treten müssen, nachdem der Junior-Chef die Firma für feinmechanische Geräte, in der der Vater Personalabteilungsleiter gewesen war, übernommen hatte und alles anders zu machen gedachte wie zuvor. Nach nur wenigen Jahren bestätigte sich, was der Vater prophezeit hatte: Die Firma, mit der er in langen Berufsjahren eng verbunden gewesen war, musste zuerst Arbeiter entlassen und dann schließlich Konkurs anmelden. Das hatte den Vater noch mehr deprimiert als sein frühzeitiges und unfreiwilliges Ausscheiden aus dem Beruf. Und Halberstadt erinnerte sich, dass der Vater bei alledem nicht verbittert und mit den Jahren immer milder geworden war, und wie sie sich, Vater und Sohn, dadurch wieder näher gekommen waren. Halberstadt hatte oft das Bedürfnis des Vaters gespürt, über den lange zurückliegenden Vorfall zu reden, was auch ihm immer ein Bedürfnis gewesen war. Doch sie hatten sich beide nie dazu überwinden können, offen auszusprechen, was sie für Jahre entzweit und belastet hatte. Nun war es zu spät.

Indem Halberstadt intensiv über seinen Vater nachgedacht hatte, war ihm die Tatsache seines Todes in ihrer Unbedingheit immer bewusster geworden. Er hatte dem sich dadurch verstärkenden Schmerz nur begegnen können, indem er ging, sehr weit ging. Als er irgendwann an einer Straßenecke stehen geblieben war, hatte er nicht mehr gewusst, wo er sich befand, und es war ihm auch egal gewesen. Von den Gefahren, die auf den unbekannten Straßen lauerten, hatte er nichts bemerkt. Das Kreischen von Autoreifen, das wüste Fluchen, das ihm galt, als er bei Rot eine breite Straße überquerte, hatte ihn unberührt gelassen. Die grell geschminkten Fratzen und schlangenartig ihn umschmeichelnden Körper, Männer, Frauen, oder beides in einem, waren an ihm abgeglitten. Auch für die Meute, die sich ihm in einer Seitenstraße in den Weg gestellt, ihn wüst, mit Drohgebärden beschimpft hatte, war er unerreichbar. Der seelische Schmerz hatte ihn soweit entzogen, dass auch der mörderischste Instinkt, der ihm entgegentrat, ins Leere ging.

Halberstadt erinnerte sich noch genau, wie er durch die Meute hindurch gegangen war, als sei sie

Luft, wie ihm die Rippenstöße und Kopfnüsse nichts anhaben konnten. Aber bald danach ganz alleine, war ihm die Gefahr, in der er sich befunden hatte, schlagartig bewusst geworden. Da war er am Bordstein, neben einem roten Feuerhydrant, zusammengesunken und hatte einen Schüttelfrost bekommen. Es war eine menschenleere Straße gewesen, kleine Fabriken, brachliegende Grundstücke, ein unbelebtes Gebiet. Auf der gegenüberliegenden Fassade eines Backsteinbaus war ihm ein großes Schild mit einem Firmennamen und einer Adresse aufgefallen. So hatte er gewusst, wo er sich befand. Eine nahe Telefonzelle war seine Rettung gewesen. Alex war ans Telefon gegangen, und nach vielleicht einer halben Stunde hatte der Wagen mit den drei Freunden neben ihm angehalten. Es war Lissi, die zuerst ausstieg. Sie hatte ihm geholfen, auf die Beine zu kommen und einzusteigen. Auf dem Rücksitz erklärte er ihr alles. Die Freunde sagten nur das Nötigste dazu und schwiegen für den Rest der Fahrt, wofür Halberstadt sehr dankbar gewesen war. Lissi hatte ihn fest umarmt, während er seinen Tränen freien Lauf gelassen hatte. Nach der New York-Reise war er mit Lissi noch einige Jahre zusammen geblieben. Auch zur Mutter hatte er nach

dem Tod des Vaters ein innigeres Verhältnis ent-
wickelt.

Erleichtert verließ Halberstadt jetzt wieder den Wald
und trat ins mild-sonnige Nachmittagslicht, erleichtert wieder in der Gegenwart, ein Besucher in Arhus
zu sein, weit mehr als ein Jahrzehnt älter. Und er stellte sich vor, mit dem Wald würde er auch all diese
Erinnerungen, die sich an seine Fersen geheftet hatten, hinter sich lassen und abschütteln, endlich vergessen können. Wie muss das für die frühen Menschen gewesen sein, als sie die Wälder verließen,
dachte er, wie muss es sie angespornt haben, sich
Raum zu schaffen und das Land urbar zu machen.
Was für eine Euphorie das gewesen sein muss, welch
ein Aufschwung! So hatte der Fortschritt begonnen.
dachte Halberstadt, während er voranschritt, Lasten
hinter sich lassend, weiter durch die Siedlung, die im
Sonnenlicht lag und sich von der schönsten Seite zeigte. Die Menschen, denen er begegnete, machten alle
ein freundliches Gesicht. Einmal mehr zeigte sich,
wie sein Befinden von den Mitmenschen gespiegelt,
auf ihn zurückgeworfen und dadurch gesteigert wurde. Wenn man nur immer so sein könnte, dachte Halberstadt. Doch Licht und Dunkel lagen immer nahe

beisammen und wirkten nach eigenen Gesetzen. Wirklich verbergen ließ sich nichts. Doch jetzt freute sich Halberstadt auf seine Gastgeber. Er hatte einiges über seinen ersten Tag in Arhus zu erzählen.

Im Hinterhof lag Max, der große Neufundländer, und wedelte nur träge mit dem Schwanz, als er Halberstadt witterte. Im Esszimmer stand eine Flasche Mineralwasser auf dem Tisch. Unter einem Glas lag ein Zettel mit einer Notiz von Ole: Marlene hatte angerufen. Sein Impuls war, gleich zum Telefon zu gehen, doch dann entschied er, es wieder einmal aufzuschieben. Halberstadt stellte fest, dass er schwitzte. Auch fühlte er sich nach dem langen Unterwegssein schmutzig. Vielleicht rief auch nur die Sauberkeit des Hauses dieses Gefühl hervor. Er ging in den Keller, um heiß zu duschen. Durch das Kellerfenster fiel ein Sonnenstrahl, traf das sprühende Wasser und ließ die perlenden Tropfen und Tröpfchen funkelnd klar und kostbar aussehen.

Halberstadt beschäftigte wieder der rote Bühnenvorhang. Er fragte sich, wozu er da hing und was er verbarg. Er wollte nicht eigenmächtig dahinter schauen, erst Ole danach fragen. Mehr beschäftigte Halberstadt die Tatsache, dass Ole ihm noch nicht sein Atelier gezeigt hatte. Es lag unter dem Dach, wie

Halberstadt vermutete, er hatte die großen Ober-
lichter bemerkt. Wie gerne hätte er mehr von Oles
Bildern gesehen und das Kunstgespräch aus den Briefen fortgesetzt. Halberstadt dachte an die Spannun-
gen, die zwischen Ole und Astrid herrschten, er war
völlig unvorbereitet und enttäuscht darüber. Hatte
er sich nicht gerade auf die Eintracht der kleinen
Familie, die Verbundenheit des Paares gefreut? Im
Briefwechsel mit Ole hatte sich nichts angedeutet.
Was versuchten sie vor ihm zu verbergen? Aber vielleicht war es ja nur ein albernes Harmoniebedürfnis,
das er hatte, und alles war gar nicht so schlimm.

Sein Nachdenken wurde durch Geräusche unterbrochen. Die Gastgeber waren nach Hause gekommen. Über sich hörte er Schritte, Stühlerücken, Stimmen. Trotz der Kürze seiner Anwesenheit waren das
fast schon vertraute Geräusche. Halberstadt zog sich
etwas Frisches an und atmetet noch einmal tief
durch. Oben wurde er munter begrüßt, was ihn sofort erleichterte. Der Tisch war schon zum Abendessen gedeckt. Lars wurde noch zum Händewaschen
geschickt, und als alle am Tisch saßen, musste Halberstadt berichten, was er gesehen hatte. Zuerst
drückte er aus, wie sehr ihm die Stadt gefiel, was Ole
zu einem zufriedenen Brummen veranlasste. Seine

Eindrücke schilderte er der der Reihe nach. Astrid staunte vor allem über die langen Wege, die er gegangen war. Ole fand die Begegnung mit dem deutschen Schnorrer sehr komisch. Halberstadt war es ein Anliegen, noch über die geilen Alten am Strand zu erzählen, wollte es aber wegen des Jungen nicht offen tun. Er versuchte es mit Andeutungen. Ja, sagte Ole, das sei bekannt, an diesem stadtnahen Strand, der gern von Studenten aufgesucht werde, versuchten sich einige auf ihre alten Tage noch etwas Kitzel zu verschaffen. Es werde gewöhnlich toleriert, so lästig es auch sei, was solle man auch dagegen tun.

Lars, weil er nicht genau verstand, über was gesprochen wurde, sagte, dass es ihm langweilig sei. Dann solle er doch einmal erzählen, wie es heute in der Schule war. Lars zögerte zunächst und senkte verlegen den Kopf. Ole lachte und sagte, er solle sich nicht zieren. Astrid, einfühlsamer, nahm seine Hand. Da gab sich Lars einen Ruck und begann zu erzählen, wie sein Freund ihn vor den Angriffen eines Mitschülers, der wieder einmal hatte beweisen müssen, dass er der Stärkste ist, verteidigt habe. Er, Lars, habe ein schlechtes Gewissen, weil sein Freund sich bei dem anschließenden Ringkampf den Arm gebrochen hat. Lars' Eltern sprachen darauf im vertrauten

Dänisch mit ihm. Ihr Tonfall ließ vermuten, dass sie Lars zu beruhigen versuchten. Aber der steigerte sich noch hinein, als er ausführlicher von dem Vorfall berichtete. Und es war offenbar so schmerzlich für ihn, dass Tränen über seine Backen rollten, was ihn wiederum aus Scham vor dem Fremden erröten ließ. Er verließ mit hängendem Kopf den Raum. Vom Essen auf seinem Teller hatte er kaum etwas angerührt. Astrid erklärte, Lars wollte noch den Freund, der in der Nachbarschaft wohnte, besuchen und ihm zum Trost Comics vorbei bringen. Danach gehe es ihm sicher wieder besser.

Die Sitten an den Schulen würden immer rauher, fügte sie hinzu. Ole widersprach, es sei doch unter Kindern schon immer wild zugegangen. Vielleicht dort, wo er zur Schule gegangen sei, sagte Astrid gereizt. Ole schaute zur Seite und schwieg. Eine gespannte Stille ließ den Raum enger werden. Wieder diese ausweichenden Blicke zwischen dem Paar. Astrid aß lustlos ein paar Happen Käse mit Weintrauben. Ole versuchte, sich nichts anhaben zu lassen, hob seinen Bierkrug und prostete Halberstadt zu. Der erwiderte dankbar die Geste und nahm ebenfalls einen kräftigen Schluck. Halberstadt, um abzulenken, fragte, ob die Gastgeber etwas über Rudi

Dutschke wüssten, über seine Zeit in Arhus. Astrid schüttelte den Kopf. Ole sagte, hin und wieder sei etwas über ihn in der Zeitung gestanden, den Nachruf habe er ausführlich gelesen, und erst da sei ihm klar geworden, welche Persönlichkeit sich hinter dem Namen verbarg. Es habe ihn angeregt, eine Dutschke-Biographie zu lesen. So habe er den Eindruck gewonnen, dass es eine utopische Kraft gewesen sein muss, die Dutschke vor dem Attentat auf ihn in Berlin gehabt hatte, sagte Ole. Er könne sich in der heutigen Zeit eine solche Persönlichkeit nicht vorstellen. Es gehe uns allen zu gut, sagte Ole, mit unserem hohen Lebensstandard seien uns gleichzeitig alle Utopien abhanden gekommen. Was er denn bitte unter Utopie verstehe, fragte Astrid scharf. Die Vorstellung einer besseren Welt auf einer realen Grundlage, antwortete Ole. Eine prompte und schlüssige Antwort, doch Astrid zeigte sich darüber verärgert. Das klinge ja, als hättest er es irgendwo gelesen, sagte sie. Es seien nichts als schöne Worte, die nicht wirklich etwas aussagten. Wo das Einfachste im Leben nicht gelinge, solle man besser den Mund halten, als von Utopien zu reden, folgerte sie.

Astrid stand der Zorn im Gesicht geschrieben. Ole ließ sich nicht aus der Ruhe bringen, was Astrid noch mehr reizte. Halberstadt versuchte noch einmal, das Gespräch vernünftig fortzuführen. Auch die Kunst könne utopische Räume schaffen, sagte er. Möglichkeiten, das Leben anders und aus immer neuen Perspektiven zu betrachten, auf Öffnungen hin. Astrid unterbrach ihn. Ihr sei das alles zu abstrakt und sie sehe darin keinerlei Gebrauchswert, der ihr helfen könnte, die alltäglichen Dinge zu regeln. Mittelbar vielleicht doch, sagte Halberstadt. Er führte Oles Bilder als Beispiel an. Zeigten sie doch, dass der Mensch erst durch seine Entfesselung an Lebenskraft gewinne. Das sei ihm nun doch etwas zu pathetisch, schaltete sich Ole ein. Für ihn sei die Malerei zunächst nur ein Spiel mit Farben, Formen und Dynamik. Ein Versuch, die schöpferische Phantasie in Bewegung zu halten, weitere Absichten verbinde er zunächst nicht mit seinen Bildern. Er sei immer überrascht darüber gewesen, wie man sie interpretiere. Das sei vor allem deshalb interessant, weil es ihm nicht nur etwas über eine mögliche Betrachtungsweise seiner Bilder, sondern auch etwas über den Betrachter selbst mitteile.

Astrid gähnte, es war ein eher provokatives Gähnen. Wenn er doch wenigstens wieder malen würde, sagte sie mehr zu sich selbst. Und dann schaute sie

Halberstadt an und sagte es offen heraus: Seit sein
Vater sich umgebracht hat, malt er nicht mehr. Jetzt
verlor Ole die Fassung und das Gewitter entlud sich.
Er schlug mit der Faust auf den massiven Tisch, so
dass Messer und Gabeln hochsprangen. Er schrie
Astrid an, was ihr einfalle, von etwas zu sprechen,
was sie nicht beurteilen könne. Doch Astrid ließ nicht
locker und schrie ihrerseits heraus, hier brächten sich
doch alle noch um, in diesem verdammten Jütland,
in diesem verdammten, flatterhaften Arhus, diesem
abgefuckten liberalen und ach so offenen Dänemark.
Nicht noch einen langen Winter wolle sie hören, dass
sich der oder diese umgebracht hätte in diesem
schmucken Risskov, in diesem oder jenem schönen
Häuschen. Sie könne auch auf dieses Haus verzichten, hier könne er besser alleine selig werden. Während Astrid nach diesem Ausbruch die Tränen übers
Gesicht liefen, stand Ole auf und hielt sich mit beiden Händen am Rand der Tischplatte fest, ein Tiger
vor dem Sprung. Astrid richtete sich mit einem Ruck
auf und warf dabei den Stuhl um, heulend verließ sie
den Raum. Dabei stieß sie an eine große Vase mit
Sonnenblumen, die auf dem Parkett zerschellte.

Oles Charakterkopf sah versteinert aus. Nur lang-
sam kam wieder Leben in ihn. Mit zeitlupenhaften

Bewegungen drehte er sich um und warf einen langen Blick auf Halberstadt. Und als dieser nichts sagte, machte er Anstalten, den Raum zu verlassen. Halberstadt unterdrückte den Impuls, etwas zu sagen. Ole blieb neben den Scherben der umgefallenen Vase stehen, zeigte auf die in einer Wasserlache liegenden Sonnenblumen und sagte: Die stehen immer hier, Vincent zu Ehren. Halberstadt nickte, brachte aber immer noch kein Wort hervor. Ole sagte, er müsse sich jetzt um Astrid kümmern. Sie habe eine schwere Zeit, da blieben solche Szenen nicht aus. Später werde er ihm alles erklären. Halberstadt nickte wieder. Er schaute auf die Sonnenblumen, die zwischen Scherben in einer Wasserlache verstreut waren und sah darin ein Bildobjekt, das auch so dem Maler Van Gogh gewidmet sein könnte. Als Ole gegangen war stand Halberstadt verstimmt auf und fragte sich, was ihn das alles hier anginge.

Halberstadt drängte es, das Haus zu verlassen, ins Freie zu gehen, zum Strand hinunter. In der Abenddämmerung gingen gerade die Laternen an, ein warmes Leuchten. Über den Himmel waren die Farben Schwarz, Violett und Gold verteilt. Kaum war Halberstadt losgegangen, traf er an einer Straßenecke auf Lars, der auf dem Nachhauseweg war. Er fragte ihn, wie es seinem Freund gehe. Es sei doch nicht so schlimm, sagte Lars, ein Gips zwar, aber sonst sei alles in Ordnung. Als Halberstadt weiter ging, hörte er ein Surren in den Oberleitungen. Wind kam auf. Erstaunlich, wie oft die Winde wechselten. Er überquerte die Hauptstraße des Vorortes, die Arhus mit dem Norden Jütlands verbindet. Kaum Verkehr. Friedlich setzten sich die schönen Häuschen mit ihren Gärten bis zur Düne fort. Das Rauschen der Wellen kam näher. Ein sandiger Weg hob sich und führte über die Düne zum Strand. Erst hier konnte Halberstadt wieder tief durchatmen.

Unter schwarz geballten Wolken lagen helle Nebelbänke, weit entfernt noch. Der Kattegat war eine weite Wasserfläche, die perlmuttartig glitzerte, leicht bewegt war, sich kräuselte. Eine Sommerabendbrise, noch lau durchspielt vom Rest der Sonnenwärme, trieb ein launisches Spiel mit Halberstadts Haar. In den trockenen, elastischen Halmen am Rande der Düne war ein sirrender Ton. Menschenleer lag der Strand, kleine Wellen schwappten über den Sand, vom Wasserdruck nach der Flut festgebacken. Halberstadt bewegte sich zunehmend freier, er ging, bis seine Füße wie von selbst gingen. All-

mählich schloss sich die Wolkendecke über ihm und
schluckte Licht und Farben. Aber nein, im Grau traten Nuancen hervor, feinste Abstufungen gedämpf-
ter Farbtöne zwischen Ocker, Grün und Blau. Während die Einzelheiten zurücktraten, fügte sich alles
besser zu einem Ganzen. Das verhaltene Leben der
Farben, dachte Halberstadt, zwar reduziert mangels
Licht, doch gleichzeitig von besonderer Intensität.
Dagegen konnte eine Lichtflut das Empfinden für
Farbe auch betäuben, Farbe auslöschen.

Halberstadt begann Bilder zu sehen, große Leinwände, horizontal gestreckt, harmonisierende Farb-
bahnen, Sinnbilder grenzenloser Weite und konzen-
trierter Ruhe. Ein Gegensatz zur Enge des Lebens,
die von den Menschen selbst erzeugt wird. Halberstadt dachte dabei nicht nur an das Haus der Gastgeber, sondern auch an sich selbst, seine eigenen
Selbstknebelungen und Konflikte. Edvard Munch
hatte den stummen Schrei gemalt, verzweifelte Paa-
re, Männer und Frauen, die das Äußerste vom andern erwarteten und in sich selbst gefangen waren.
Der Wind der Freiheit bläst einem kalt und streng
entgegen, doch im Rückzug vor dem Offenen lauert
noch größere Gefahr. Unmerklich wurde das, was
zwischen Menschen vielleicht einmal so etwas wie

Liebe gewesen war, zum gegenseitigen Würgegriff. Halberstadt dachte wieder an Marlene, an ihre Unbeschwertheit, die er ihr manchmal verübelt hatte. Wie leicht wurde man zum Unmenschen. Halberstadt sah nur einen Weg: Sich genau betrachten wie man ist, gerade dorthin schauen, wo es weh tut und ein Einvernehmen finden mit sich selbst. Wer gegen den andern ist, ist auch gegen sich selbst, dachte Halberstadt. Jede Gewalt richtet sich nur gegen das eigene Spiegelbild.

Halberstadt hatte den Zustand des Gehens erreicht, den er am meisten liebte. Kein Druck mehr, Vorwärtsgehen. Kein Ziel mehr, als das Gehen selbst. Aus der Dämmerung tauchte ein Jogger auf. Er kam ihm entgegen, schwerfällig und hechelnd hoppelte er vorüber, grußlos in seiner Verbissenheit und mit seinem ausweichenden Blick nicht zum Gruß einladend. Seine Verschämtheit verriet, dass er, der Strandläufer, von seiner jämmerlichen Erscheinung wusste. Das genaue Gegenteil von meinem Gastgeber, dachte Halberstadt. Ole bereitete sich für den Berlin-Marathon im Herbst vor. Sein großes Ziel aber sei jener in New York, ein paar Jahre würden ihm dafür noch bleiben. Oles frühmorgendliche Strandläufe schienen ihn auch stark für alle Lebenslagen zu machen. Ihm gegenüber musste Astrid ihren Schwächezustand, in dem sie sich offenbar befand, noch deutlicher empfinden. Sie hatte gesagt, dass Oles Vater sich umgebracht hat, und Ole hatte daraufhin die Fassung verloren. Was wollte er ihm erklären? Halberstadt war sich nicht sicher, ob er das wissen wollte. Was geht es mich an, dachte er. Er wünschte sich, gleichgültig zu sein, vor allem gegen sich selbst. Aber das war nicht einfach. Sich den Dingen zuwenden und von sich selbst absehen wie die Weisen, vielleicht war es das. Er verehrte die Maler und Dichter, die das erreicht hatten zu allen Zeiten. Es musste doch möglich sein, aus den Kreisläufen des Egos auszubrechen.

Halberstadt verlockte es, am Strand weiterzugehen. Der Wind hatte sich gedreht und schupste ihn nun in launischen Böen an. Vor ihm trieb feiner Sand, ein Schleier, sich in Schlieren bewegend, schneller als er. Und in Betrachtung des Sandes und vielleicht durch den Rückenwind befördert hatte er das Gefühl, sich ein wenig abgehoben über dem Strand zu bewegen. Erstmals, seit er in Arhus angekommen war, überkam ihn eine vollkommene Leichtigkeit. Marlenes Anruf fiel ihm ein, den hatte er noch nicht erwidert und er war sich auch nicht sicher, ob er ihn erwidern sollte. Halberstadt dachte daran, dass Marlene die erste Frau war, mit der er das stillschweigende Einverständnis kennengelernt hatte. Obwohl sie lebhaft war und gerne plauderte, hatte er mit ihr diese kostbaren Momente erfahren. Vielleicht war das auch für sie etwas Besonderes gewesen, er hatte sie nie danach gefragt. Einen Moment kam es ihm so vor, als ginge sie jetzt an seiner Seite. Und dass es nicht so war, versetzte ihm einen Stich. Ein warnendes Signal dafür, dass er sich vor seinen Gefühlen hüten musste. Er brauchte noch mehr Abstand.

Die Dämmerung schien zu verharren. Halberstadt atmete tief die Seeluft ein, das salzige Prickeln der Lungen tat wohl. Er leckte das Salz von den Lippen und dachte daran umzukehren. Sein Blick ging zur See. Der Nebel zeigte sich als ein bewegter, manchmal sich teilender Körper. Durch eine dieser Nebelschneisen zog gerade schaukelnd ein Fischkutter, von einem letzten Lichtstrahl getroffen. Wie Quecksilber bewegte sich das Wasser im Bereich des Schiffs. Halberstadt kam zu einem Landungssteg, der weit ins Wasser hinausging. Wo er aufhörte, war nichts zu sehen, er verlor sich weich in der Undurchdringlichkeit des Nebels. Halberstadt entschied sich, über die feuchten Bretter hinaus zu gehen. Der Wind hatte nachgelassen und die Luft hatte etwas Mildes. Wellen klatschten unter den Planken gegen die starken, glatten Stämme, die den Steg trugen. Halberstadt ging bis zum Ende des Stegs hinaus, blieb stehen, stützte sich am Geländer ab. Selbstvergessen überließ er sich den Elementen, bis er ein Geräusch hörte, ein Geräusch, das sich von dem der Wellen und vom gleichförmigen Wind unterschied. Es klang so, als tauche ein großer Fisch aus dem Wasser auf. Halberstadt schaute sich um und sah die Unterbrechung des Geländers, das Ende einer Leiter.

Ein weibliches Gesicht tauchte auf, so schön, dass er schlucken musste. Er sah die langen nassen Haare, die glatten Arme, die den nackten Körper hoch stemmten, die nackten Brüste, die Taille, den festen Bauch, das Schamhaar, die Säulen der Schenkel, die Waden, die Füße, die Halt suchten. Eine junge Frau. Sie hielt kurz inne, als sie Halberstadt bemerkte, doch ohne ein Erschrecken, Scham oder Abwehr zu zeigen. In diesem kurzen Augenblick erkannte Halberstadt, dass es das gleiche Mädchen war, dem er schon zuvor begegnet war. Sie war es, die er gleich nach seiner Ankunft auf dem Rennrad, und dann im Park der Universität gesehen hatte. Und nun jetzt. Als das Mädchen auf den Brettern des Stegs stand,

wenige Meter vor ihm, hielt es kurz inne, splitter-
nackt, triefend vor Nässe. Vielleicht war es nur eine
Sekunde, vielleicht zwei. Halberstadt jedenfalls
konnte den Blick nicht von ihr abwenden. Das
Mädchen brach den Bann, indem sie kurz nickte, ihm
direkt ins Gesicht schaute und ›Hello‹ sagte. Halberstadt erwiderte ebenfalls mit einem Kopfnicken
den Gruß und versuchte, seine Verlegenheit zu verbergen. Das Mädchen ergriff ein großes Badetuch,
das auf den Planken lag, warf es sich über die Schulter und ging über den Steg in Richtung Strand. Die
Art, wie sie sich bewegte, verwirrte ihn.

Halberstadt zwang sich, den Blick von dem Mädchen
abzuwenden. Wie zur Unterstützung seines gefassten
Willens ergriff er fest das Geländer und richtete den
Blick in die Weite, die sich hinter Nebel verbarg.
Unterhalb des Stegs schwammen schaukelnd zwei
Möwen, die zu lachen begannen, als sie ihn bemerk-
ten. Dazu klang das Schwappen der kleinen Wellen
gegen die Pfähle des Stegs wie ein spöttisches Plap-
pern. Halberstadt spürte seinen Herzschlag und
einen trockenen Mund. Lächerlich, dachte er. Warum müssen es immer die Männer sein, die sich vor
den Frauen lächerlich machen. Er war erleichtert, als

er eine letzte Zigarette im Päckchen fand und in einer andern Tasche seiner Jacke das Feuerzeug. Er zündete sich die Zigarette an und genoss jeden Zug.

Einer leibhaftigen Nixe begegnet ein Mann nicht alle Tage, dachte Halberstadt, belustigt nun. Er spürte zufrieden, wie sich seine Befangenheit löste. Er hatte es nie gemocht, unfreiwillig in einen Bann gezogen zu werden. Aber war es nicht einer dieser Momente gewesen, von denen ein Mann träumte? Als Halberstadt sich nach dem Mädchen umdrehte, war es bereits außer Sichtweite. Doch von ihrer Anziehungskraft hatte sie etwas zurückgelassen, unter die Atmosphäre dieses Ortes gemischt. Der leere Steg zeigte sich in einer langen Flucht, die jetzt wie eine Verheißung war. Aber als er sich in Bewegung setzte, war er froh über die Gegenwärtigkeit seiner Schritte auf den Brettern des Stegs, ein entschiedenes und nachdrückliches Klopfen, das ihn wieder ganz zu sich brachte. Er erreichte den Strand und machte sich zügigen Schrittes auf den Rückweg. Zu spät bemerkte er das Mädchen, das unter ihrem großen Badetuch vor der Düne saß, zu spät, um noch ausweichen zu können. Sie hob den Kopf und schaute ihn groß an, ihre Blicke trafen sich. Unverwandt schaute sie ihm mit frappierender weiblicher Souveränität offen ins Gesicht. Er wusste genau, er hätte sich jetzt neben das Mädchen setzen können, und es wäre das Natürlichste von der Welt gewesen. Doch er gab sich nach kurzem Zögern einen Ruck und ging weiter. Jetzt war er es, dem ihre Blicke folgten.

Halberstadt spürte ein Prickeln im Nacken, ein Schauer lief ihm über den Rücken bis zum Steiß, doch er richtete den Blick nach vorn. Er ging seiner Wege, auch wenn es möglich war, dass ihn die Unterlassung noch lange verfolgen würde, vielleicht bis ans Ende seiner Tage, wenn die Manneskraft in ihm einmal erloschen und er froh war über die Erinnerungen an die erwärmenden Momente in seinem Leben und es nichts mehr gab als die Rückschau. Ob Versäumnis oder Feigheit, als er vorwärts schritt, genügte ihm diese erotische Begegnung so wie sie gewesen war. Bald sah er die ersten Schattenrisse von Giebeln hinter der Düne. Die Wolkendecke war inzwischen aufgerissen, Sterne funkelten, und gerade schob sich ein praller Vollmond über einen schwarzen Wolkenrand. Vor ihm lief sein langgestreckter Schatten über den Sandstrand, ein verlässlicher Kumpel, solange es Licht gab. Das Lachen, das unwillkürlich aus ihm hervorbrach, ließ ihn laut jauchzend ein paar Sprünge machen. In großen Schritten näherte sich Halberstadt wieder der Siedlung, der Normalität.

Als ihm ein Mann mit großem Hund entgegenkam, glaubte er für einen Moment, es sei Ole mit Max, doch dann war es ein Unbekannter mit einem Bernhardiner. Einem Impuls folgend, wechselte Halberstadt die Richtung und ging auf einen großen kahlen Baumstamm zu, der vor der Düne lag. Halberstadt wollte sich noch etwas Zeit lassen, bevor er zurückkehrte. In einiger Entfernung sah er Herr und Hund vorübergehen, nah genug, dass er ihre Bewegungen verfolgen konnte. Der Wind warf die Kapuze des Anoraks, den der Mann trug, hin und her, aber es sah aus, als bewege sie sich selbständig. Der schlaksige Mann, von der Seite einem Fragezeichen ähnlich, gestikulierte mit den Armen. Seine Schritte waren schleppend, währenddessen der Hund neben ihm her trottete. Vielleicht führte der Mann Selbstgespräche, vielleicht redete er auch mit seinem Hund, der wiederholt zu seinem Herrchen aufschaute. Der Mann sprach laut und klagend, so dass Halberstadt einige durch Windböen herbeigetragene Wortfetzen hören konnte, die aber keinen Sinn ergaben. Indem sich der Mann entfernte, er seinen Rücken sah, bemerkte Halberstadt, wie der Mann mehrmals die

Schultern weit nach oben zog, um sie jeweils danach wieder resigniert fallen zu lassen. Halberstadt stellte sich dazu tiefe Seufzer vor, zumal auch der Wind, der um ihn pfiff, ähnliche Laute erzeugte. Der Bernhardiner blieb abrupt stehen, setzte sich auf seine Hinterfüße und schaute zu seinem Herrchen auf. Der Mann blieb ebenfalls stehen, beugte sich etwas vor und strich dem Hund mehrmals übers Fell. Dann gingen die beiden weiter, bis sie von der Dämmerung verschluckt wurden.

Halberstadt entschied sich, den Sand aus seinen Schuhen zu entfernen. Als er sich auf dem blanken, gebleichten Stamm abstützte, spürte er unter seiner Hand tiefe Einkerbungen. Er tastete sie zunächst mit den Fingern ab und schaute dann, neugierig geworden, näher hin: Es war ein Hakenkreuz. Halberstadt erschrak, ein Schauder durchlief ihn.

Wolken schoben sich wieder vor den Mond, und erneut kam ein Wind auf, der an allem zerrte und zupfte. Als Halberstadt den Strand verließ, drehte er sich noch einmal um. Finsternis lag jetzt über Wasser und Land. Im Ort angelangt, fand er den Laternenschein spärlich, aber tröstlich. In einigen Fenstern war orangenes und gelbliches Licht, heimelig anmu-

tend. In der Ruhe zwischen den Häusern, das anre-
gende Meeresrauschen schon weit im Hintergrund
wie eine Erinnerung, spürte er auf einmal die Erschöpfung. Als er das Haus der Gastgeber erreichte,
war nur ein Fenster im Untergeschoss noch erleuch-
tet. Im Keller schaltete er gleich die Beleuchtung des
Bühnenvorhangs ein. Ihm verlangte es nach dem
samtigen satten Rot. Da er noch Durst hatte, ging er
zum Esszimmer hinauf. Es war aufgeräumt worden,
die Tischplatte durfte wieder als makellose Fläche
glänzen, alle Spuren der Auseinandersetzung waren
verwischt. Nur dass die Sonnenblumen jetzt in einer
anderen Vase standen. Aber wirklich ungeschehen
machen ließ sich nichts.

Halberstadt hörte durch eine offen stehende Tür,
dass ein Fernseher an sein musste, farbige Lichter, die
über die Wände huschten, bestätigten es. Er schaute
in das Zimmer und sah Ole und Astrid in breiten,
bequemen Sesseln sitzen, die Blicke auf den Bild-
schirm gerichtet. Im Hintergrund war eine große
Bücherwand. Halberstadt machte sich mit einem
Gruß bemerkbar. Ole fragte, wie es draußen gewesen sei. Halberstadt äußerte sich beeindruckt über
die Stimmung am Strand. Astrid wendete nur kurz
den Blick vom Fernseher ab, nickte zum Gruß, und

schaute dann weiter ins flimmernde Licht, das die Tagesberichte zeigte. Ole fragte Halberstadt, ob er sich dazu setzen möchte. Halberstadt bedankte sich und sagte, dass er nach diesem langen Tag nur den einen Wunsch hätte, sich hinzulegen. Nachdem sie sich Gute Nacht gewünscht hatten, sagte Ole noch: Morgen ist wieder ein anderer Tag. Ja, antwortete Halberstadt, es sei aber leider schon sein letzter hier. Ole sagte, er habe ab Mittag Zeit, um mit ihm etwas zu unternehmen.

Halberstadt nahm sich eine Flasche Bier aus dem Kühlschrank. Auf dem Bettrand sitzend, die Schwere spürend, nahm er kleine Schlücke aus der Flasche und genoss das leichte Prickeln. Bevor er sich ausziehen und unter die Decke schlupfen konnte, schlief er ein. Mitten in der Nacht wurde er im Schlaf gestört. Es war ihm kühl geworden, und ums Haus zog unruhig der Wind. Als das Sausen und Klappern vorübergehend etwas nachließ, hörte er über sich lautes Wortgefecht. Ole und Astrid stritten sich wieder. Halberstadt fühlte sich davon belästigt, entledigte sich der Kleidung und hoffte, dass der Streit über ihm bald zuende sei. Bevor er sich wieder hinlegte, öffnete er noch eines der Kellerfenster, damit der Wind die Geräusche im Haus absorbierte. Hal-

berstadt wollte nur noch die Schwere der Glieder
spüren und alles egal sein lassen. Aber er fiel nur in
leichten, unruhigen Schlaf mit wirren Träumen, die
ihn hin und her warfen wie in einem Boot, das in Seenot war. Dem Morgengrauen dämmerte er nur entgegen.

Als er morgendliches Küchengeklapper hörte, wach-
te er auf und war dankbar, die Nacht hinter sich zu
haben. Die muntere, helle Stimme des Jungen war
für seine Lebensgeister ein Wecksignal. Samstag war
es. Halberstadt dachte an die Ausstellungseröffnung.
Er war darauf gespannt und freute sich, unter die
Leute zu kommen. Als Halberstadt ins Esszimmer
kam, traf er Ole alleine an. An der Stirnseite des
Tisches war bereits sein Frühstück hergerichtet, der
Rest des Tisches war leer. Vielleicht weil er fragend
schaute, erklärte ihm Ole ohne Umschweife, dass
Astrid mit Lars die erste Fähre nach Kopenhagen genommen habe. Sie wolle ihre Eltern übers Wochenende besuchen. Halberstadt nickte und schwieg. Ole
erklärte, es habe gewiss nichts mit ihm zu tun. Astrid
würde Jütland lieber heute als morgen verlassen, um
in ihre Heimatstadt Kopenhagen zurückzukehren.
Ein Besuch bei ihren Eltern habe ihr immer schon gut

getan, es werde schon alles wieder in Ordnung kommen. Astrids Vater sei Pastor und beide hätten einen guten Draht zueinander. Sie verehre ihn und schätze seinen Zuspruch. Er, Ole, hingegen komme immer mit dem Malen am Besten durch diese unruhigen Fahrwasser. Aber Kunst könne man eben nicht anrufen wie einen Menschen, sie habe ihren eigenen Willen und ihre eigene Zeit. Halberstadt stimmte ihm zu. Ole erklärte, dass er noch für zwei, drei Stunden in die Schule zu dringenden Elternbesprechungen müsse. Aber danach sei der Tag für ihn, für sie beide offen.

Nachdem Ole gegangen war, nahm Halberstadt das Frühstück zu sich, genoss guten Milchkaffee und blätterte in der Wochenendausgabe der hiesigen Tageszeitung. Die Schlagzeilen sprachen wie überall eine deutliche und drastische Sprache, soviel verstand er auch ohne genaue Kentnisse des Dänischen. Halberstadt blieb an einem Interview mit einem Psychologen hängen, in dem es offenbar um die zunehmende Selbstmordrate auf Jütland ging. Eine grafische Darstellung zeigte die Zahlen. Die Fragen konnte Halberstadt einigermaßen verstehen, aber die Antworten entzogen sich aufgrund der Fachausdrücke weitgehend seinem Verständnis.

Als das Telefon klingelte, dachte Halberstadt sofort, dass es Marlene sein müsse. Er zählte die Rufzeichen mit, nach dem zehnten Ton verstummte das Telefon. Danach wurde er von Unruhe gepackt. Und bevor er sich ganz darüber gewahr wurde, fing er an, durchs Haus zu gehen. Eigentlich interessierte es ihn nur, einmal einen Blick in Oles Atelier werfen. Er kam zu einem offenen Zwischengeschoss, wo ein Sekretär stand, den er sogleich mit Ole in Verbindung brachte. Ein kleines Bücherregal darüber. Interessiert ließ er den Blick über die Rücken der Bücher streifen. Er fand einen bekannten Titel, hier allerdings im amerikanischen Original: ›Zen and the Art of Motorcycle Maintenance‹. ›Die Kunst ein Motorrad zu warten‹, das passte zu Ole. Halberstadt schlug das Buch auf und las das vorangestellte Motto: »And what is good, Phaedrus, and what is not good – need we ask anyone to tell us these things?« Halberstadt stellte das Buch wieder zurück und griff einen gewichtigen Band, der schon beim Blättern leicht als Sexreader zu erkennen war. Wo ein Papierstreifen als Markierung steckte, schlug er die Seiten auf. Sofort sprang ihm die prägnante Schwarzweißfotografie einer Penetration entgegen. Der Moment der Sensation des Eindringens war es, der stimulieren sollte.

Halberstadt spürte bei sich eine Wirkung, die ihm unangenehm war und ihn das schwergewichtige Buch zuklappen und ins Regal zurückstellen ließ. Als Halberstadt sich umdrehte, blickte er in den Wintergarten, den er von außen bemerkt hatte, sah zwischen großen Pflanzen eine Leseecke mit Tischchen und Rohrsesseln, in denen er sich Ole und Astrid vorstellte, wie sie in stiller Eintracht beisammen saßen, hin und wieder ein Wort wechselnd. Ein Bild, das er sich von ihnen gemacht hatte.

Auf seiner Suche nach dem Atelier ging er noch einen Stock höher und stand auf einmal vor einer offenen Tür. Offenbar das Schlafzimmer der Eheleute, das Bett war gemacht. Halberstadt blieb einen Schritt vor der Schwelle stehen und betrachtete das große Gemälde über dem breiten Bett. Es war ein echter Ole Jensen, ein Bild der Ekstase, ein Paar in wilder, selbstvergessener Umarmung. Eine Treppe höher stand Halberstadt vor einer verglasten Flügeltür, die einen Blick auf Oles Atelier zuließ. Es war so schön hell und klar, wie er es sich vorgestellt hatte. Wenige Leinwände waren aufgehängt, viele gegen die Wände gelehnt und in Regalen geordnet. Zwei Klarinetten, ein Saxophon und ein Notenständer wiesen auf den Musiker hin. Auf den Holzdielen lag ein

Mallappen, den er auf den ersten Blick für eine kleine, schlafende Katze hielt. Vieles sah nach plötzlich abgebrochener Arbeit aus. Auf einer Palette war unbenutzte Ölfarbe angetrocknet, ebenso fiel das Rot an einem breiten Pinsel auf, der nicht mit andern aufgerichtet in Gläsern stand, sondern beiseite lag. Das Bild auf der Staffelei ließ außer einigen wirren Linien in Kohle und ein paar roten und blauen Farbflecken nichts erkennen.

In den Briefen mit Ole hatte sich Halberstadt viel über die Frage augetauscht, wie Kunst und Alltag miteinander zu vereinbaren seien. Was der Maler ihm darüber mitgeteilt hatte, war ermutigend für Halberstadt gewesen, der sich diese Vereinbarung nicht gut vorstellen konnte. Und waren Oles Bilder nicht der sichtbare Beweis für ein solches Gelingen? Ole versuchte im Schutze der Familie seiner Kunst gerecht zu werden. Halberstadt war immer der Auffassung gewesen, dass ein Künstler von den Anforderungen des Alltags letztlich immer in die Knie gezwungen werde, wenn er nicht rücksichtslos gegen sich und die Menschen seiner Umgebung war.

In solche Gedanken versunken saß Halberstadt am Tisch und nippte an einem Rest Milchkaffee. Es fiel ihm ein Satz ein, den er bei Claude Simon gelesen hatte: »Ich vermute, das einzige Mittel, nicht mehr allein zu sein, ist nicht mehr zu denken.« Das Denken und das Alleinesein bedingten sich, gedankenlos konnte man sein, wo man sich in einer Gemeinschaft aufgehoben fühlte, dachte Halberstadt. Der Künstler als Einzelgänger und Einzelkämpfer war nichts als ein traurig entrückter Held, aber auch zur Gemeinschaft taugte ein Künstler selten. Man kam immer wieder auf Van Gogh zurück, wenn man darüber nachdachte, ein Prototyp. Der holländische Maler hatte die Gemeinschaft mit Künstlern gesucht, und war auch darin gescheitert. Ole dagegen hatte ein ausgeprägt soziales Talent, das ihn als Künstler nicht vereinzeln ließ, ihn vielseitig verknüpfte mit den Dingen der Welt. Hinzu kam die wirtschaftliche Unabhängigkeit durch seinen Beruf. Letzteres traf auch auf ihn, Halberstadt, zu, doch war er damit im Konflikt. Nichts war schwerer, als mit sich eins zu sein, dachte Halberstadt. Und hier, in Arhus, war wieder einmal alles ganz anders gekommen, als er es sich vorgestellt hatte. Eigentlich sollte man es lassen, sich etwas vorzustellen, dachte Halberstadt. Morgen würde er die Heimreise antreten, und alles wäre nur eine Episode gewesen, ein Zwischenspiel für etwas Kommendes vielleicht. Vielleicht ist es das, dachte

Halberstadt, als er den Tisch abräumte und reinigte, bis kein Krümel mehr zu sehen war. Ein reiner Tisch, das war etwas wert. Die Makellosigkeit, der seidige Glanz der Tischfläche war ein befriedigender Anblick. Er konnte Ole jetzt besser verstehen. Bald würde er erscheinen, sich umschauen und sagen, dass er das, um Gottes Willen, nicht hätte tun müssen.

Und als Ole erschien, war tatsächlich das Erste, was er sagte, dass er, Halberstadt, das nicht hätte tun müssen, ruhig alles hätte stehen lassen sollen. Halberstadt musste lachen, und Ole, als ihm der Grund erklärt wurde, lachte mit. Ein guter Auftakt zu seinem letzten Tag in Arhus, dachte Halberstadt. Ole telefonierte mit Kopenhagen und schien zufrieden. Frau und Sohn seien gut angekommen und hätten das beste Wetter, sagte er. Und dann fragte er Halberstadt, ob er Marlene schon angerufen habe, was dieser verneinen musste. Ole, dem er über sein Verhältnis zu Marlene und die Trennung erzählt hatte, schaute ihn nachdenklich an. Er könne es sich ja noch einmal überlegen, sagte er. Jetzt müsse er Max noch mit Futter versorgen, ein Nachbar würde ihn später ausführen mit seinem eigenen Hund, einem Bernhardiner. Der Nachbar lebe alleine, seit seine Frau ihn verlassen habe. Er sei froh über jeden Kontakt. Halberstadt hatte wieder das Bild des Mannes mit dem Hund vor Augen, wie sie am Strand entlang gegangen waren.

Bald brachen sie gemeinsam auf. Unterwegs nach Arhus fragte Ole, ob er sie gestern Abend gesehen habe. Halberstadt tat so, als wisse er nicht, worauf Ole anspielte. Du weißt schon, sagte Ole. Ja, antwortete Halberstadt und fragte, ob sie dort oft am Abend schwimmen gehe. Ole verdrehte die Augen, machte ein verschmitztes Gesicht und sagte, oh ja. Auch morgens, beim Laufen, sei er ihr schon am Strand begegnet, fügte er hinzu, so eine müsste man haben. Als Halberstadt nichts erwiderte, schaute ihn Ole von der Seite an und lachte laut auf.

Ole wollte zuerst zum Hafen, um Halberstadt das einmastige Segelschiff zu zeigen, das ihm von seinem Vater vererbt worden war. Der kleine, alte Fischkutter, den sein Vater für Freizeitzwecke umgebaut hatte, wirkte unter den gepflegten neueren Schiffen und Yachten etwas vernachlässigt. Nur die Gallionsfigur, eine Nixe, zeigte frischen Glanz. Die habe er zuerst restauriert, sagte Ole, weil das am dringensten gewesen sei. Sein Vater habe das schöne Stück bei einer Versteigerung erworben und am Bug angebracht, obwohl so etwas zu einem Fischkutter nicht passte und

ein reichlich skuriles Bild abgab. Mit dem Spott, den
er dafür geerntet hatte, habe er, der Vater, aber gut
umgehen können. Ole erklärte, als sie auf Deck standen, es gäbe noch einiges zu tun, sein Vater sei in seinen letzten Jahren allem nicht mehr nachgekommen,
und er selbst sei zu sehr von seinem Hausbau vereinn-
nahmt gewesen. Da und dort, er zeigte auf die Stellen, sei das Holz noch auszubessern, und insgesamt
bräuchte das Boot einen frischen Anstrich. Aber davon abgesehen sei es seetüchtig, und der Motor sei
ohnehin unverwüstlich und weit mehr als nur ein
Hilfsmotor. Es sei der gleiche Diesel, der schon in seiner Kindheit vertrauenserweckend getuckert habe,
wenn sie ausgelaufen oder in den Hafen zurückgekehrt waren.

Ole erinnerte sich, dass er als Jugendlicher mit dem
Vater einmal auf dem Schiff in Seenot geraten war.
Wie sein Vater heldenhaft den Sturm bewältigte und
den Kutter sicher in den Hafen zurückbrachte, habe
ihn tief beeindruckt. Bald nach dem Tod des Vaters
habe er das Schiff von Frederikshaven nach Arhus
bringen lassen. Das sei er seinem Vater schuldig gewesen.

Aus der Kajüte eines benachbarten Bootes trat ein
stämmiger Mann mit weißer Schirmmützte und rief

einen Gruß herüber. Ole grüßte mit lautem Hallo
zurück und stellte seinen Gast als den Künstlerfreund
Georg Halberstadt aus Deutschland vor, und den
Mann vom Nachbarboot als den Jazzmusiker Bent
Eriksen, mit dem er früher oft zusammengespielt
habe. Während die beiden Männer sich sogleich angeregt und laut unterhielten, schaute sich Halberstadt um. Die vor Anker liegenden Boote, das um sie
spielende und blinkende Wasser, das Spiegeln der
weißen Wolken und der Sonnenschein, dazu eine frische Brise, die an den Seilen zurrte, durchs Haar fuhr,
die aufgeregt kreischenden Möwen: das alles tat gut.
Halberstadt beobachtete, wie ein Mann und ein Junge auf Fahrrädern vorüberkamen. Der Junge versuchte einem gefiederten Häufchen auszuweichen,
eine tote Möwe wahrscheinlich. Bei diesem Aus-
weichmanöver kam der Junge mit dem Fahrrad zu
nahe an den Rand der Kaimauer und ins Straucheln,
so dass er fast ins Hafenbecken gefallen wäre. Der
Mann schimpfte den Jungen aus, der daraufhin zu
heulen begann. Danach fuhren sie schweigend weiter, der Junge gedrückt, weil er sich vor den Männern auf den Booten genierte. Ole und der Mann
vom Nachbarboot hatten den Vorfall ebenfalls beob-
achtet und lachten lauthals. Doch Ole tat es sogleich

wieder Leid, so dass er dem Jungen rasch etwas nach-
rief, das ermunternd klang.

Nach der Besichtigung des Kutters war es Mittag
geworden. Ole lud seinen Gast in die Hafenkneipe
ein, in der schon viel Betrieb war. Sie hatten aber
Glück und fanden noch Plätze vor großen Fenstern
mit Blick auf den Hafen. Ole bemerkte, dass er an
genau diesem Tisch das letzte Mal mit seinem Vater
gesessen habe. Es kam eine lächelnde, blonde Serviererin mit üppigen Formen, um die Bestellung entgegen zu nehmen. Ole bestellte Lachsschnitzel mit
Salat und Weißbrot, dazu zwei große Krüge helles
Bier. Als die Serviererin gegangen war, sagte Ole mit
einem Schmunzeln, sie sei exakt der Typ, für den sein
Vater eine Schwäche gehabt hatte. Er, Ole, habe den
dringenden Verdacht gewonnen, sein Vater und die
Serviererin hätten einmal etwas miteinander gehabt.
Sein Vater jedenfalls habe es schlecht verbergen können. Die Serviererin sei das genaue Gegenteil von seiner Mutter, die eine eher magere, recht strenge Leh-
rerin, in ihrer Jugend aber eine dunkelhaarige Schön-
heit gewesen war. Mit den Affären des Vaters sei sie
immer souverän umgegangen, was den Vater aber
eher enttäuscht haben musste, da er immer gerne das
Temperament der Mutter herausgefordert hatte. Der

Vater habe der Mutter immer zwanghaft seine Unabhängigkeit beweisen müssen, und auch als er längst keine Affären mehr gehabt hatte, habe er welche vorgetäuscht, um sie zu reizen. Vielleicht hatten sie sich ja auf ihre Art gut verstanden, sagte Ole. Jedenfalls habe der Vater in der Zeit vor seinem Tod die alten Jugend-, Hochzeits- und Familienfotos wieder hervorgeholt und sich mit ihnen umgeben. Auch auf dem ständig eingeschalteten Fernseher habe er welche aufgestellt gehabt, was ein seltsamer Anblick gewesen war, den er noch vor Augen habe.

Sie aßen und tranken mit Appetit, was ihnen aufgetischt worden war. Danach bestellten sie Schnaps und rauchten mit Genuß Zigarillos, die Halberstadt anbot und die Ole als Sportsmann ausnahmsweise, wie er augenzwinkernd sagte, annahm. Sie saßen sich eine Weile schweigend gegenüber, rauchten, bliesen den Rauch in die von der Decke hängenden Fischernetze und schauten über den Hafen. Ole war es, der das Gespräch wieder aufnahm. Er sagte ohne Einleitung, Astrid werfe ihm vor, er habe sich vor dem Tod seines Vaters nicht genug um ihn gekümmert. Der Vater habe die Mutter nur um ein knappes Jahr überlebt. Es sei die Zeit gewesen, als der Hausbau in vollem Gange war und die Probleme am Bau sich zu häufen begannen. Sein Vater habe schon lange vorher, seit er nicht mehr zur See gefahren sei, an Depressionen gelitten. Wind und Wetter seien sein Lebenselixier, das Kommen und Gehen sein Lebensrhythmus gewesen. Er habe zwanzig Jahre als Maschinist auf einem Frachter gearbeitet. Nach dem Tod seiner Frau hatten sich seine Depressionen verschlimmert. Er habe sich mit seinen siebzig Jahren zwar noch selbst versorgen können, sich aber immer mehr in sich selbst zurückgezogen und mit niemandem mehr gesprochen. Die meiste Zeit habe er vor dem Fernseher verbracht. Nur hin und wieder sei der Vater noch schwimmen gegangen. Er sei ein leidenschaftlicher Schwimmer gewesen, was für Seeleute eher ungewöhnlich ist. Als Wettkämpfer habe er in seiner Jugend auf den langen Strecken sogar mehrfach die dänische Meisterschaft gewonnen. Nur durch einen Arbeitsunfall, einer Verletzung der Hand, habe er nicht an der Qualifikation zu den Olympischen Spielen teilnehmen können.

Sich über seinen Vater auszusprechen, hatte Ole erleichtert und erschöpft zugleich. Er unterbrach sich, winkte der Serviererin und bestellte noch zwei Krüge Bier. Halberstadt zwinkerte er dabei zu. Ein Signal, dass er obenauf sei. Sie stießen an und tranken in großen Zügen. Danach setzte Ole seine Erzählung fort. Er sagte, aus verschiedenen Gründen habe es sehr gedrängt mit der Fertigstellung des Hauses. Er habe daran gedacht, dennoch den Vater her zu bringen und ihm in Risskov ein Quartier zu verschaffen, auch weil Lars sehr an seinem Großvater hing. Aber als er den Vater darauf angesprochen habe, sei er stur gewesen und habe gesagt, dass er sich geschworen hätte, niemals Frederikshavn zu verlassen. Ole sagte, er sei sicher gewesen, dass er ihn trotzdem noch hätte umstimmen können. Aber dann sei es zu spät gewesen, sagte Ole. An einem warmen sonnigen Herbsttag hätten sie telefonisch die Nachricht vom Tod seines Vaters erhalten. Zuerst hatte es nur geheißen, der Vater sei beim Schwimmen an Herzversagen gestorben. Doch in Frederikshavn erfuhr er, der Vater sei zu weit hinausgeschwommen und in eine Strömung geraten, gegen die er offenbar nicht angekommen war. Da sein Vater ein so erfahrener und trotz seines Alters noch ausdauernder Schwimmer gewesen sei, sagte Ole, hatte man sich kaum vorstellen können, dass er die Gefahr nicht erkannt hätte. So sei zwangsläufig der Verdacht aufgekommen, der Vater könnte den Tod im Wasser gesucht haben. Astrid jedenfalls sei der Überzeugung, ihr Schwiegervater habe Selbstmord begangen. Und ihn, Ole, mache sie mitverantwortlich.

Ole unterbrach seine Erzählung und nahm einen letzten großen Schluck aus dem Bierkrug. Halberstadt bot ihm noch ein Zigarillo an, worauf die beiden Männer wieder schweigend pafften und sich dem anregenden Lärm der Hafenkneipe, der sich inzwischen noch gesteigert hatte, überließen. Nach der Pause kam Ole noch einmal auf die ›Geschichte von der Rettung in höchster Seenot‹ zu sprechen. Wenn er daran denke, sei er seinem Vater immer besonders nah. Er sagte, es sei die bis dahin längste Segeltour gewesen, die sie gemeinsam gemacht hatten. Sie seien auf dem Rückweg von der kleinen Insel, die östlich vor der Spitze Jütlands liege, von einem Sturm überrascht worden. Die Segel hätten ohrenbetäubend geknattert, sie hätten sie gar nicht schnell genug einholen können, seien hin und her geworfen worden und das Schiff habe kaum mehr auf das Ruder reagiert. Was sie zuvor schon oft geübt und durchgespielt hatten, sei nun zum Ernstfall geworden. Während der Vater den Motor angeworfen habe, sei er, Ole, herbeigerufen worden. Danach habe der Vater das Steuerrad befestigt und sie hätten sich endlich ans Einholen der Segel gemacht. Zuerst das

Großsegel, dann die beiden Vorsegel. Was ihn, Ole, zutiefst beeindruckt habe, sei die Besonnenheit des Vaters gewesen, seine Entschlossenheit, die ihm geradezu im Gesicht gestanden und mit der er die nötigen Befehle erteilt habe. Auch ihr nahtloses Zusammenwirken, jeder Handgriff, sei fest in seinem Gedächtnis haften geblieben. Und als sie dann mit dem Kutter heil im Hafen von Frederikshavn angekommen waren und angelegt hatten, seien sie sogleich in die Hafenkneipe gegangen, wo eine Seemannsweihe vollzogen worden war. Mit einem Zug habe er, Ole, ein bis zum Rand mit Rum gefülltes Wasserglas leeren müssen. Er erinnere sich noch gut daran, wie er sich danach am Tresen mit beiden Händen hatte fest halten müssen, um nicht auf einen Schlag umzufallen. Den Vater habe er nach diesem Abenteuer auf hoher See als Helden angesehen. Von der Mutter aber hätte sich der Vater wegen seines Leichtsinns, wie sie es deutete, einiges anhören müssen.

Es war klug von Ole, seinem Vater mit dieser Seenotgeschichte zu gedenken, dachte Halberstadt, und sich nicht in einen Strudel von Schuldgefühlen hinabziehen zu lassen. Als sie aufbrachen, wirkte Ole deutlich gelöster. Sie stellten fest, dass vor der Vernissage am Abend nicht mehr allzu viel Zeit blieb. Ole machte Vorschläge, was sie vorher noch unternehmen könnten. Als Halberstadt sich zwischen dem Wikingermuseum und dem Prähistorischen Museum in Moesgard entscheiden sollte, war er natürlich für das letztere. Es war die zweitausend Jahre alte, vollständig erhaltene Moorleiche, die nach ihrem Fundort ›der Grauballemann‹ benannt wurde, die er unbedingt sehen wollte. Ole meinte, wenn er schon die Siedlungsreste aus der Wikingerzeit verschmähte, die man bei Kellerarbeiten unter einem Bankgebäude entdeckt hatte, wolle er ihm an seinem letzten Tag in Arhus wenigstens mit einer kleinen Stadtrundfahrt dienen.

Halberstadt genoss es, wie sie durch belebte Straßen fuhren, an wechselnden Häuserzügen vorüber, Plätze überquerten. Ole unterbrach bisweilen das Schweigen, wenn ihn eine Stelle an Begebenheiten von früher erinnerte. Da hatte ein Freund gewohnt, dort hatte er sich mit einer Freundin getroffen. Ja, sagte Halberstadt, solche Erinnerungen machen einen Ort aus. Mit Halberstadt an seiner Seite, ergänzte Ole, gewinne er Abstand zu den Dingen, wodurch er an Vieles wieder denke, das ihm schon lange nicht mehr in den Sinn gekommen sei. Halberstadt sagte, er genieße seinerseits das Sightseeing, denn je passiver der Körper sei, desto aktiver die Wahrnehmung. Ole lachte und sagte, so habe er es noch nicht betrachtet, aber Beifahrer sei er schon lange nicht mehr gewesen, würde es aber gerne wieder einmal sein. Wie wäre es, wenn er ans Steuer ginge, fragte Halberstadt. Ole wollte diese Option für seinen Gegenbesuch in Deutschland aufheben.

Als sie die Innenstadt verließen, war Halberstadt von der bewaldeten, hügeligen Umgebung überrascht. Auf einer kurvenreichen Strecke eröffneten sich wiederholt Blicke über die Bucht von Arhus, eine blanke, blaugraue Fläche, von vereinzelten Fischerbooten, Frachtern und weißen Fähren durchzogen, die gischtige Spuren hinterließen. Ole pfiff ›The sunny side of the street‹ und erlaubte sich dazu einen entsprechend übermütigen Fahrstil, so dass Halberstadt sich festhalten musste. Als sie aus einem Waldstück vorstießen, lag seitlich die große Schüssel eines Fußballstadions. Schade, dass er, Halberstadt, morgen abreise, sagte Ole. Denn Brondby Kopenhagen spiele am Nachmittag gegen Arhus, alte Rivalen, es ginge um die vorderen Plätze in der Liga. Ole sagte, es habe einmal eine Zeit gegeben, da er so gut gespielt habe, dass er auch unter den großen Kickern in diesem Stadion hätte auftreten können.

Als sie zusammen vor dem Grauballemann standen, schwiegen sie. Das Zeugnis grauer Vorzeit befand sich luftdicht hinter Panzerglas, von allen Seiten sichtbar. Die einzelnen Kleidungsstücke waren
deutlich zu erkennen, das Gesicht sah aus wie schlafend, rötliches dichtes Haar war auf dem Schädel.
Die hingestreckte, mumifizierte Gestalt hatte in ihrer
Haltung etwas Hingebungsvolles. Sie war erdigbraun
und sah ledern aus, was auch durch zusätzliche Prä-
paration der sterblichen Hülle herrühren konnte.
Wie die Legende mitteilte, sei es ein junger Mann gewesen, der vor etwa zweitausend Jahren, vermutlich
bei einem Fruchtbarkeitskult, geopfert worden war.

Halberstadt stellte sich einen Schnitt durch die
Kehle vor, sprudelndes Blut. Aber was konnte dieses
rituelle Opfer, das zur Moorleiche geworden war,
heutigen Menschen mitteilen? Halberstadt stellte Ole
diese Frage, aber der zuckte nur kurz mit den Schultern. Es war vor allem die Haltung des Grauballe-
mannes, die Halberstadt beschäftigte, das Hinge-
bungsvolle. In Halberstadts Vorstellung schob sich
über den Grauballemann das Bild des toten Rudi
Dutschke in der Badewanne, bis es wiederum über-
deckt wurde vom Bild eines andern Toten, des beim
Baden ermordeten französischen Revolutionshelden

Marat, wie er es auf einem Gemälde von Jacques Louis David in Brüssel gesehen hatte. Beide, Marat wie Dutschke, waren zu Schlachtopfern der Geschichte geworden, weil sie gegen herrschende Mächte aufbegehrt hatten. Vielleicht ist der Tod des Grauballemann, welchen Göttern auch immer geopfert, in einer Reihe von diesen Toten zu sehen, die heroisch verehrt werden.

Als sie zum Auto gingen, bemerkte Ole Halberstadts Abwesenheit und sagte, er dürfe sich von so etwas nicht zu sehr beeindrucken lassen. So eine Moorleiche sei doch nichts anderes als das Showbusiness der Archäologen und Historiker. Letztlich sei der Grauballemann nurmehr ein Artefakt, preisgegeben der Phantasie des Betrachters. Er, Ole, sei nach solchen Museumsbesuchen immer erleichtert, sich wieder in der Gegenwart zu befinden und selbst bestimmen zu dürfen, welchen Schritt er als nächsten tun werde. Und jetzt freue er sich auf die Vernissage, auf Königin Margarethe und auf die vielen alten Freunde und Kollegen, die er lange nicht gesehen hatte. Halberstadt sah auf der Straße eine Frau, die ihn an Marlene erinnerte.

Schon vor dem Kunstmuseum war viel in Bewegung, und etwas von festlicher Stimmung lag in der

Luft. Das Militär eskortierte in Galauniformen, Männer und Frauen, die sich in Schale geworfen hatten, eilten erwartungsfroh dem Eingang zu. Ole, obwohl salopp gekleidet, sah immer gut angezogen aus, während Halberstadt, wohl eher aus Unsicherheit, sich zu seinem schwarzen Hemd eine Krawatte angelegt hatte, die einzige, die er besaß. Bunt bestickt war sie ein kleines Kunstwerk, ein von Marlene selbst gefertigtes Geschenk zu seinem vierzigsten Geburtstag. In der Menge, die sich in den Hallen des Museums schon dicht drängte, erlebte Halberstadt einen Ole, wie er ihn bisher noch nicht kannte. Viele kamen auf den Maler zu, und bald war er umringt von einem bunten Haufen, der unschwer der Künstlerszene zuzuordnen war. Ole genoss sichtlich das Bad in der Menge. Dem zurückhaltenden Halberstadt legte er den Arm um die Schultern und stellte ihn einigen Leuten vor. Halberstadt drückte einige Hände, wechselte einige Worte und nahm das Lächeln der Frauen, das ihm geschenkt wurde, dankbar entgegen.

Das allseits muntere Plaudern wurde durch eine Lautsprecherstimme unterbrochen, die das Erscheinen von Königin Margarethe und die beginnenden Festreden ankündigte. Die Aufmerksamkeit der Menge konzentrierte sich ehrfürchtig auf eine breite

Treppe, wo die Königin mit ihrer Begleitung herabge-
schritten kam. Die Königin gab eine gute Figur ab
und wirkte sympathisch. Als Ole ihn aufgeregt fragte, ob er Margarethe auch gesehen habe, obwohl sie
doch jeder gesehen haben musste, wie sie von der
Galerie die Treppe herabgestiegen war, befremdete
ihn diese Aufgeregtheit bei dem sonst nüchternen
Mann. Nacheinander traten Festredner hinters Pult
und hielten Reden, von denen Halberstadt nichts verstand. Zuletzt war es an der Königin in anerken-
nenden Worten die Ausstellung zeitgenössischer
dänischer Kunst zu eröffnen.

Nachdem der Beifall abgeebbt war, nahm Ole Halberstadt beiseite, um den weiteren Ablauf zu erklären. Nächster Programmpunkt sei der eigentliche
Empfang der Künstler durch die Königin, ein Hän-
dedruck, ein anerkennender Satz Ihrer Majestät für
jeden von ihnen sei zu erwarten, etwas, das nicht oft
im Leben eines gewöhnlichen Dänen vorkäme. Darauf würde sich die Presse einschalten, eine Pflicht-
übung für alle Beteiligten, die er hoffentlich bald hinter sich bringen würde. Interessanter sei ihm der
Kontakt zum Publikum. Vor allem die naiven, nicht
vorbelasteten Fragesteller empfinde er oft als anre-
gend. Aber am meisten freue er sich natürlich auf das

Gespräch mit den Malerkolleginnen und -kollegen, auf die neuen Bekanntschaften. Und jetzt müsse er los, er, Halberstadt, solle sich nur in Ruhe umschauen, später könnten sie sich vor seinen Bildern treffen. Und Ole erklärte ihm, wo sie zu finden waren. Halberstadt war es recht, sich nicht nur die Gemälde, sondern das ganze Geschehen mit Abstand zu betrachten. Er ging zur Empore, wo er einen guten Überblick hatte. Und genau wie Ole es beschrieben hatte, spielte es sich auch ab. Die natürliche Frische der Königin nahm der Formalität das Gezwungene. Manche der Künstler sahen sich dadurch anscheinend ermutigt, ihrer Königin das eine oder andere Wort zu entlocken, das über das Protokoll hinausging. Anschließend wurde Sekt gereicht. Rasch kam Bewegung in die Menge, in die Halberstadt von seinem Beobachtungsposten aus choreographische Figuren hineinsah. Kreise bildeten sich, die sich berührten, überschritten und auflösten, um immer neue Kreise zu bilden. Und Ole, mittendrin, ging sichtlich auf in der Rolle, die er hier als Künstler verkörperte, als einer unter anderen Künstlern.

Während sich alles angeregt hinzog, formierte sich auf einem Podium eine Jazzband, und Halberstadt begann sich umzuschauen. Er fand, dass die musikalischen Improvisationen zu den großen Leinwänden passten, die die Halle umgaben, meist starkfarbige, abstrakte Bilder, mit großer Geste und viel Dynamik gemalt. In einem der kleineren Räume fand er drei Bilder von Ole. Er war einer der wenigen Maler, die sich nicht ganz vom Gegenstand und der Figürlichkeit gelöst hatten. Jedes der drei Bilder drückte einen überhöhten Gemütszustand aus: Freude, Leid und Zuversicht. Im Bild der Freude schien einer Kreatur das Herz aus dem Leib zu springen, das Leiden zeigte sich in der qualvollen Krümmung eines Rückens, und die Zuversicht machte aus einer Figur mit ausgebreiteten Armen eine offene Tür, in der ein tiefes Blau leuchtete. Halberstadt fand, dass es die besten Bilder von Ole waren, die er bisher gesehen hatte. Es fiel ihm auf, dass nur wenig Publikum sich länger vor Oles Gemälden aufhielt. Vielleicht aufgrund der Intensität der Bilder, die ein Mann mit kompliziertem Innenleben, aber großer Nervenstärke gemalt hatte.

Längst war draußen alles in leuchtendes, kupfernes Licht getaucht. Der Backstein einiger Häuser in der Nähe glühte. Eine Wolkendecke hatte sich über die Stadt geschoben, und die untergehende Sonne warf durch einen Spalt einen feurigen Abglanz übers Wolkengrau. Das Licht übte die Faszination des verhalten Bedrohlichen aus. Halberstadt bemerkte, als Kind habe ihn ein solches Licht in Euphorie versetzt, jetzt sei ihm dabei eher unbehaglich zumute. Ole meinte, dass jeder Blick im Laufe unseres Lebens durch Erfahrung und Wissen besetzt werde, so dass wir kaum noch etwas wie beim ersten Mal wahrnehmen könnten. Das sei zwar richtig, sagte Halberstadt, aber die größeren Anstrengungen, die ein künstlerischer Ausdruck dem nicht mehr Naiven abverlange, könne uns auch weiterbringen. Aber wohin bringen, sagte Ole, wohin denn noch? Über uns selbst hinaus, erwiderte Halberstadt, nicht mehr und nicht weniger. Ja, sagte Ole nach kurzem Nachdenken, das könnte es vielleicht wert sein.

Sie standen auf dem Parkplatz neben Oles Variant. Währenddessen verlor sich das warme Abendleuchten und ließ der Blauen Stunde den Vorzug. Sie fuhren durch die zunehmende Dämmerung, von den Autoscheinwerfern geteilt. Die Lichter der Stadt vermehrten sich zum Zentrum hin. Ihr Ziel war ein Jazzkeller in der Altstadt. Sie mussten tief unter die Straße hinabsteigen, aber wurden unten sogleich von Wärme und Freundlichkeit empfangen. Ole und der

Wirt Kalle hatten früher gemeinsam Musik gemacht. Die beiden tauschten sich mit kernigen Sprüchen aus, so hörte es sich an. Halberstadt ließ sich von der Munterkeit der beiden Männer anstecken. Kalle erklärte Halberstadt, er werde Ole nicht gehen lassen, solange er nicht etwas auf seiner Klarinette gespielt habe, er kenne die Abmachung hoffentlich noch. Er griff er unter die Theke und brachte das Instrument hervor, das er für Ole hier immer aufbewahrte. Ole habe es durch eine Wette verloren und sich dabei verpflichtet, es jedesmal zu spielen, wenn er vorbei käme. Oles Anwesenheit wurde von einigen bemerkt, die nun auf ihn zukamen und wie einen alten Freund begrüßten. Es waren meist bärtige, teils schon ergraute Männer, aber auch jüngere mit strengeren Kurzhaarfrisuren. Es gab Umarmungen und Knüffe, aber auch respektvolle Zurückhaltung.

Während die Freunde sich unterhielten, schaute sich Halberstadt in dem Keller um. Im hinteren Teil des Gewölbes befand sich eine kleine Bühne, auf der schon Instrumente bereit standen. Die Tische waren besetzt von meist jüngeren Leuten, Studenten, wie Halberstadt annahm. Sein streifender Blick blieb haften auf einem Gesicht, das ihm sogleich bekannt erschien. Als er es näher betrachtete, war es wieder das

Mädchen, dem er zuletzt am Strand begegnet war. Sie saß einem jungen Mann gegenüber, der aufgeregt auf sie einredete. Halberstadt bemerkte, wie sie mehrmals ihre Hand, die er versuchte zu umfassen, zurückzog. Der Blick des Mädchens ging zumeist an dem jungen Mann vorbei, als suche sie etwas. Halberstadt folgte ihrer Blickrichtung, ohne dass es ihm Aufschluss hätte geben können.

Durch lautes Gelächter wurde Halberstadt in seinen Beobachtungen unterbrochen. Er drehte sich um und sah Ole in einer innigen Umarmung mit einer Rothaarigen. Abermals wurde Halberstadt vorgestellt. Er schaute dabei in das lächelnde Gesicht einer schönen, nicht mehr ganz jungen Frau, die grüne Augen hatte und sich mit dem Namen Eva bekannt machte. Ole sagte zu Halberstadt, er solle ihn vor dieser Frau schützen. Fraglich, sagte Halberstadt, wer vor wem zu schützen sei. Alle lachten. Ole erklärte, Eva sei zum dritten Mal verheiratet. Aus den vorherigen Ehen habe sie zwei Töchter mitgebracht, die beide fast schon erwachsen seien. Ihr jetziger Mann sei der erste, der ihr die Freiheiten ließe, die sie brauche. Eva hakte sich bei Ole ein, schmiegte ihren Kopf an seine Schulter und lächelte. Da sagte Ole, der es hasste, in Verlegenheit gebracht zu werden, etwas

Rauhes in einem Ton, der nach Humphrey Bogart klang. Eva löste sich mit gespielter Schroffheit, schlüpfte unvermittelt in die Rolle von Lauren Bacall und ließ sich auf einen schlagfertigen Wortwechsel ein, den sie offenbar beide schon oft zusammen erprobt hatten. Es war ein Vergnügen, sie so zu sehen und ihnen zuzuhören. Der Wirt begann hinter der Theke zu applaudieren, andere taten ihm gleich.

Es wurde viel getrunken, neben dem Bier auch die harten Drinks. Ole hielt sich dabei nicht zurück. Er wartete mit der Klarinette auf seinen Einsatz, denn die Session hatte bereits begonnen. Zuerst spielten die älteren unter den Musikern, die dem Swing verpflichtet waren und trefflich zu improvisieren wussten. Als Ole auf die Bühne trat, gab es Bravorufe, die der Schlagzeuger mit einem Trommelwirbel unterstrich. Ole begann mit einer Ballade, verflocht unterschiedliche Zitate, zog Schleifen, und nach und nach setzten die anderen Instrumente ein. Als Ole noch einmal zu einem mäanderndem Solo antrat, gackerte schließlich das Saxophon dazwischen und machte dem Auftritt ein Ende. Nach einer kurzen Stille gab es tosenden Beifall.

Ja, es sei doch der alte Ole, hörte Halberstadt den Wirt hinter der Theke sagen. Da die Worte an ihn gerichtet waren, sah sich Halberstadt veranlasst, ebenfalls etwas Anerkennendes zur Musik zu sagen. Er ließ die Blicke schweifen und bemerkte Eva, die mit ihrem Whiskeyglas vor der Bühne stand und Ole erwartete. Halberstadt entdeckte neben der Bühne die Tür zur Toilette und begann sogleich, sich einen Weg durch die Menge zu bahnen. Als er wieder zurückkam, hatte bereits eine andere Band zu spielen begonnen: jünger, hektischer, lauter. Das Publikum war noch ausgelassener geworden, und entsprechend gesteigert hatte sich auch das Stimmengewirr, aus dem sich einzelne Lacher erhoben wie Spritzer aus der Gischt. Halberstadt wurde von der aufgeheizten Atmosphäre sofort angesteckt. Auf dem Weg zurück zum Tresen blieb er stecken in einem Engpass zwischen den Leuten, die herumstanden. Als er sich nach einem freien Durchgang umschaute, bemerkte er ganz in der Nähe das Mädchen, das jetzt in Gesellschaft von zwei Männern war und entspannter wirkte als zuvor. Er musste sich an ihrem Tisch vorbeizwängen und entschuldigte sich, worauf das Mädchen kurz aufschaute, lächelte und sich sogleich wieder ihren Tischgenossen zuwandte.

Über dem Barhocker, auf dem Halberstadt gesessen war, hing missmutig und sichtlich angetrunken ein Kerl mit groben Gesichtszügen. Als Halberstadt darum bat, ihn an sein Bierglas zu lassen, fuhr der Kerl ihn an. Halberstadt verstand nicht die Worte, aber der Ton sagte ihm genug. Der Kerl stieg schwerfällig vom Barhocker und baute sich schwankend und herausfordernd vor ihm auf. Plötzlich griff er nach Halberstadts Krawatte und zog fest daran. Halberstadt reagierte reflexartig und gab dem Kerl einen Stoß vor die Brust, so dass er zurücktaumelte. Der Kerl bekam einen hochrotem Kopf und wollte sich auf Halberstadt stürzen. Ole ging dazwischen und hielt den Streithahn davon ab. Der Wirt stieß einen Pfiff aus, worauf aus dem Hintergrund zwei Muskelpakete in hautengen T-Shirts auftauchten, die den sich vergeblich wehrenden Kerl die Treppen hoch und hinaus beförderten.

Er solle sich dadurch bloß die Stimmung nicht versauen lassen, sagte Ole. Als Halberstadt die Krawatte näher untersuchte, stellte er fest, dass sie Schaden genommen hatte. Es sei doch nur eine Krawatte, sagte Eva. Da erklärte ihr Ole, was Halberstadt diese Krawatte bedeutete, worauf die Rothaarige einen milden Blick bekam, ihm einen dicken Kuss auf die Wange setzte und sagte: Oh, my sweatheart, wir alle kommen nicht ungeschoren davon. Darauf sollten sie alle anstoßen, sagte Ole, und das taten sie denn auch. Ole nahm Halberstadt beiseite, legte einmal mehr den Arm um seine Schultern und sagte, er werde noch länger bleiben. Aber da er, Halberstadt, schon in der Früh aufbrechen müsse, würde Ole es verstehen, wenn er sich nicht die halbe Nacht um die Ohren schlagen wollte. Er solle ihm nur sagen, wann er ein Taxi brauche. Eine Weile wolle er schon noch bleiben, sagte Halberstadt. Ob er das Mädchen bemerkt habe, flüsterte Ole ihm zu. Ja, sagte Halberstadt, und wie wandlungsfähig sie sei. Einen Moment dachte er nach, ob er Ole mehr von der Begegnung mit ihr am Strand erzählen sollte. Doch er entschied sich dagegen.

Die Musik war vorbei und es gab eine lange Pause, die erfüllt war mit wogenden Stimmen, hellem Lachen und Gläserklirren. Auf einmal fingen einige an zu klatschen und Pfiffe von sich zu geben, dann wurde es ganz still. Die Aufmerksamkeit richtete sich auf einen alten Mann, der mit seiner Gitarre unterhalb der Treppe stand. Er sah mit seinem Schlapphut und den abgerissenen Kleidern, dem grauen Bart und den grauen langen Haaren wie ein echter Tramp aus. Ole flüsterte Halberstadt zu, es sei der Sänger mit dem einen Lied, das singe er schon seit Jahrzehnten.

Immer nur mit diesem einen Lied ziehe er all die Jahre durch die Kneipen und käme immer noch damit an. Die Leute hätten sich so an ihn gewöhnt, dass sie ihn vermissten, wenn er einmal nicht kam und sich Sorgen um ihn machten. Früher sei Bille zur See gefahren, und die Legende sage, er sei einer der wenigen Überlebenden eines Schiffbruchs vor Neufundland gewesen. Er lebe in einer ärmlichen Hütte am Stadtrand, wo er, Ole, ihn früher einmal besucht habe, um ihm Tabak zu bringen.

Inzwischen war für den Alten Platz gemacht worden. Mit mächtiger, rauher Stimme und leichtem Timbre sang er sein Lied und erntete dafür wohlwollenden Beifall. In seinem Hut, den er anschließend herumgehen ließ, klimperten bald die Münzen. Ole erklärte, es sei eine alte schottische Ballade von einer kleinen weißen Straße, die weiß Gott wohin führt. Man müsse schon sehr genau zuhören, um sie zu verstehen. Halberstadt gefiel das Lied und er dachte dabei an Marlene. Ein Gedanke, der seine aufkommende Melancholie noch vertiefte. Ole bemerkte seine Stimmung und sagte, er werde ihm jetzt ein Taxi besorgen.

Der Taxifahrer ließ nicht lange auf sich warten, er ging zur Theke und fragte den Wirt nach seinem

Fahrgast. Ole klopfte Halberstadt zum Abschied auf die Schulter. Und Eva, schon reichlich angetrunken und schlingernd in ihren Bewegungen, gab Halberstadt einen satten Kuss auf die Wange und flüsterte ihm ins Ohr. Der Taxifahrer aber drängte zum Aufbruch.

Während der Fahrt durch die nächtliche Stadt, ging es Halberstadt wieder besser. Die Stimmung leerer Straßen deckte sich mit seiner eigenen. Als das Taxi vor einer Ampel stehenblieben, hörte er durch den Spalt des geöffneten Seitenfensters den samtenen, tiefen Ton eines Nebelhorns. Der Taxifahrer sagte, das Wetter schlage um. Halberstadt sagte, er werde morgen abreisen, zurück nach Deutschland. Nachdem Halberstadt aus dem Taxi gestiegen war und den Rücklichtern nachschaute, empfand er eine derartig große Erdenschwere, dass er keinen Schritt vorwärts tun konnte. In der Stille der Nacht war das entfernte Rauschen des Wellengangs zu hören. Aus einem der Nachbarhäuser drang der wiederholte Klagelaut einer Frau, ging über in rhythmisches Stöhnen und brach nach einem Aufschrei ab. Halberstadt war sich danach nicht sicher, ob er sich das Gehörte nur eingebildet hatte. Wieder war nur das Rauschen des

Meeres zu hören, das aber auch ein Rauschen in seinem Kopf sein konnte. Am Leben zu sein ist seltsam, dachte Halberstadt. Entweder war das Leben sehr merkwürdig, oder zum Schreien komisch. So hatte er es schon immer gesehen. Wir kommen alle nicht ungeschoren davon, hatte die Rothaarige gesagt. Halberstadt stellte sich eine geschorene Schafherde vor. Man musste nur die entsprechende Gleichgültigkeit besitzen. Wenn er nicht einschlafen konnte, pflegte er zu sagen: Es ist mir alles egal. Das war es natürlich nicht, aber es beruhigte.

So stand er vor dem Haus der Jensens, nicht vom Fleck kommend, sich der Dunkelheit überlassend, den nachhallenden Klängen der Musik, die er zuvor gehört hatte, den Bildern im Kopf. Nichts regte sich mehr in der nächtlichen Siedlung. In sich versunken waren die Häuser, derweil das Meer schnaufte wie ein Schwerarbeiter und der Nachthimmel sein undurchdringliches samtiges Schwarz über alles ausbreitete. Halberstadt spürte etwas um seine Beine streichen, eine Katze, die mit ihrem Miauen verlangte, gestreichelt zu werden. Halberstadt bückte sich und strich über das feuchte Fell und spürte darunter den geschmeidigen, sehnigen Körper. Das kleine Leben gab ihm den Anstoß, ins Haus zu gehen. Er hörte das dumpfe Bellen des Hundes. Max kam aus seiner Hütte hervor und wedelte müde mit dem Schwanz. Halberstadt sprach beruhigend zu ihm, und als habe ihn der Hund verstanden, verkroch er sich wieder in seine Hütte. Halberstadt stand eine zeitlang vor dem roten Vorhang, tauchte ein in das Rot, phantasierte, sah weibliche Lippen aus dem Rot hervortreten, sich leicht öffnen, sah ein Gesicht sich hinzufügen, einen Körper, spürte warme glatte Haut, fühlte weibliche Formen, verging, versank im Rot. Halberstadt fiel aufs Bett und sofort in den Schlaf.

Ole weckte den Freund. Als Halberstadt ihn durch blinzelnde Augen ansah und sich sogleich wieder auf die andere Seite drehen wollte, sagte Ole, dass es nur noch zwei Stunden bis zu seiner Abfahrt wären, das Frühstück stünde schon bereit. Halberstadt verzichtete auf eine Dusche und hielt nur den Kopf unter den Wasserhahn. Er zog sich rasch an, zu packen gab es nicht viel. Er warf noch einen letzten Blick auf den roten Bühnenvorhang und schaltete dann die Beleuchtung, die die ganze Nacht gebrannt hatte, aus. Oben fand er Ole am Tisch, die Sonntagszeitung vor sich ausgebreitet und eine große Tasse Milchkaffee in der Hand. Als er aufsah, konnte er kein Zeichen der Übernächtigung in seinem Gesicht erkennen, er wirkte frisch und klar wie immer. Ole, der einmal mehr Halberstadts Gedanken zu lesen schien, sagte, dass er vorher schon gelaufen sei, der Regen habe zu seiner Erfrischung nur beigetragen. Halberstadt sah durchs Fenster den grau verhangenen Himmel. Du hast Glück gehabt, sagte Halberstadt, und jetzt lässt du uns hier im Regen zurück. Dafür habe ich euch das Schönwetter mitgebracht. Ja, sagte Ole, das hast du. Während des Frühstücks war Ole schweigsam. Halberstadt interessierte zwar, wie die Nacht für Ole weiter verlaufen und wie er nach Hause gekommen war. Aber er hatte den Eindruck, dass es besser sei, nicht danach zu fragen.

Als sie sich schon im Aufbruch befanden, klingelte das Telefon. Halberstadt hoffte, dass es Marlene sei, doch gleich darauf war ihm bei der Vorstellung, mit ihr am Telefon zu sprechen, schon mulmig zumute. Aber es war Astrid, die aus Kopenhagen anrief, um den Zeitpunkt ihrer Rückkehr anzukündigen. Sie habe sich wieder beruhigt, erklärte Ole, das habe er auch nicht anders erwartet. Jetzt freue er sich, Astrid und Lars am Abend wiederzusehen. Auf der Fahrt zum Bahnhof und nachdem sie eine Weile geschwiegen hatten, sprach Halberstadt den roten Vorhang an. Ja, er habe Absichten damit verknüpft, sagte Ole. Es sei tätsächlich eine Bühne dahinter, die aber weniger mit Requisiten als mit den Hinterlassenschaften seiner Eltern angefüllt sei. Er habe aber immer noch vor, mit den Kindern der Nachbarschaft etwas aufzuführen.

Es war Sonntag, und es regnete. Wenig Verkehr war auf den Straßen, das Meer zeigte sich verhangen und die Geschäftigkeit des Hafens ruhte. Auch in der Innenstadt von Arhus waren die Straßen menschenleer. Der verregnete Sonntag hielt alles in Schach. Vielleicht war es gerade das, als Gegensatz, was Ole an den bevorstehenden Berlin-Marathon, an dem er beteiligt sein würde, denken ließ. Er sprach davon, wie er mit Tausenden von Vertretern aller Erdteile und vieler Nationen durch die Straßen laufen und sie anfüllen würde mit dem gemeinsamen Willen, den inneren Schweinehund zu überwinden, von wiederum Tausenden von Zuschauern an den Straßenrändern bejubelt und angefeuert. Bis zum Ziel durchzukommen sei alles. Wobei das Eigentliche vorab zu leisten sei, wie er hinzufügte. Das Laufen müsse mit dem gesamten Lebenstil übereinstimmen, zu einem Lebensprogramm werden. Aber von Jahr zu Jahr müsse er sich erneut fragen, ob er die Voraussetzungen noch erfüllen könne.

Sie mussten an der gleichen Kreuzung halten, wo sie gleich nach Halberstadts Ankunft das Mädchen auf dem Fahrrad gesehen hatten. Während sie auf das grüne Licht der Ampel warteten, dachte Halberstadt noch einmal an die wiederholte Begegnung mit dem geheimnisvollen Mädchen in den drei vergangenen Tagen. Auch konnte er noch nicht sagen, was alle anderen Begegnungen in Arhus bedeutet hatten. Ole unterbrach die Gedankengänge von Halberstadt und zeigte auf einen Radfahrer, der, mit Hut und Mantel bekleidet, einen Gitarrenkasten über dem gebeugten Rücken, sich gegen den Wind stemmte. Es war Bille, der Mann mit dem einen Lied von der kleinen weißen Straße. Ole sagte, Halberstadt werde es noch lange im Ohr haben.

Als sie am Bahnsteig standen und auf den verspäteten Zug warteten, hatten sie sich bereits alles gesagt. Ole fiel noch ein zu fragen, ob er in Hamburg einen Zwischenstopp einlegen werde. Halberstadt zuckte mit den Schultern und wusste nichts zu antworten. Ole grinste und sagte, deshalb müsse er doch nicht so ein Gesicht machen. Was für ein Gesicht er denn mache, fragte Halbertstadt. Ein komisches eben, sagte Ole, weil er, Halberstadt, alles zu ernst nehme. Als der Zug endlich einfuhr, war Halberstadt erleichtert.

Nicht viele stiegen aus, und es waren noch weniger, die zustiegen. Halberstadt fand ein Abteil, das er ganz für sich alleine hatte. Durch die Verspätung fuhr der Zug schon nach kurzem Aufenthalt weiter. Halberstadt hatte das Fenster heruntergelassen, so dass er Ole noch Gelegenheit gab, ihm etwas zur Ermunterung zu sagen, was er, Halberstadt, noch aufnehmen und zurückgeben konnte. Schon setzte sich der Zug in Bewegung, und der winkende Ole wurde immer kleiner und verschwand bald in einer Kurve. Und mit dem Verschwinden von Ole fragte sich Halberstadt, wie gut er diesen Mann eigentlich kannte. Er vermisste ihn schon, und gleichzeitig fühlte er sich befreit von dem Einfluss seiner Persönlichkeit.

Bis zur Grenze war es für Halberstadt wie ein Gleiten durch Landschaften und Städte, dem er sich hingab. Das gedämpfte Licht des Tages und das verhangene Land erlaubten ihm das Zwischendrinn, das Sein im Schwellenzustand zwischen Aufbruch und Ziel. Er genoß es, zwischen äußeren in inneren Welten nicht unterscheiden zu müssen. Lange überließ er sich nur diesem Zustand, der aus der Bewegung hervorging. Und erst als der Zug sich Hamburg näherte, wurde er hellwach.

OBLESERPUBLIZISTIK
EDITIONMARKTSTRASSE

Peter Frömmig
Nimmerda
Eine Kindheit in zwei Teilen
edition marktstrasse – Obleser Publizistik
Marbach am Neckar 2000
68 Seiten, 10.15 Euro

Peter Frömmig
Zusammenspiel
Im Alten Stadtsaal in Speyer
Ein Supplement zu Nimmerda – Eine Kindheit in zwei Teilen
Mit Bildern von **Finn Cato Gabrielsen**
edition marktstrasse – Obleser Publizistik
Marbach am Neckar 2001
18 Seiten, 6.- Euro

Peter Frömmig
Gesichter und andere Momente
Erfahrungsbericht eines Zeichners
edition marktstrasse – Obleser Publizistik
Marbach am Neckar 2002
16 Seiten, Fadenheftung, 7.50 Euro

Peter Frömmig
Fernsehen für Schlaflose
Aquarelle und kurze Texte
Marbach am Neckar 2002
mit 12 Abbildungen, 15.- Euro, ISBN 3-935926-05-7

Peter Frömmig
Im Lichtwechsel
Vier Geschichten zwischen Tag und Nacht
edition marktstrasse – Obleser Publizistik
Marbach am Neckar 2002
112Seiten, 12.80 Euro, ISBN 3-935926-04-

OBLESERPUBLIZISTIK
EDITIONMARKTSTRASSE

Erzählungen aus Benin. Mein Märchen springt hin und her ... · gesammelt und aufgeschrieben von **Mensah Wekenon Tokponto** · illustriert von **Matthias Schellenberger** · Marbach am Neckar 2003 · 116 Seiten · 14.90 Euro · ISBN 3-935926-07-3

Widmar Puhl · Handfeste Luftschlösser. Vom praktischen Nutzen der Utopie · Mit einem Vorwort von Helmut von Stackelberg · Marbach am Neckar 2004 · 114 Seiten · 12.80 Euro · ISBN 3-935926-12-X

Burkhard Metzger · Nicht nur für den Dienstgebrauch. Streiflichter aus dem Leben eines Polizeibeamten · Marbach am Neckar 2001 · 88 Seiten · 8.60 Euro · ISBN 3-935926-00-6

Doris Reimer · Blut im Schuh. Gedichte aus dem letzten Jahrhundert · Mit Zeichnungen von **Horst Hussel** · edition marktstrasse · Marbach am Neckar 2001 · 80 Seiten · 15.24 Euro · ISBN 3-935926-00-6

Unsichtbar die Katze · Gedichte zwischen Abend und Zufall. Das Alphabet der Gruppe **WortRose** · edition marktstrasse · Marbach am Neckar 2002 · 68 Seiten · 9.90 Euro · ISBN 3-935926-03-0

Thomas G. Daichendt · Dringend auf Empfang. Splitter aus dem Leben im Einsatz · Marbach am Neckar 2003 · 76 Seiten · 9.90 Euro · ISBN 3-935926-06-5

Lorenz Obleser · Tim und die Straßenbahn. Vier Familiengeschichten · edition marktstrasse · Marbach am Neckar 2003 · 100 Seiten · 12.80 Euro · ISBN 3-935926-09-X

weitere Titel bei

Benningweg 7
71672 Marbach am Neckar
07144 / 852 48 61
Fax 07144 / 982 499
www.obleser-publizistik.de
verlag@obleser-publizistik.de